長編小説

人妻みだら団地

睦月影郎

竹書房文庫

目次

※この作品は竹書房文庫のために
書き下ろされたものです。

第一章　欲求不満の主婦たち

1

「ねえ、光司《こうじ》クンは彼女いるの？」

「二十歳なんだから、まだ何も知らないということはないわよね」

美熟女たちが、口々に光司に話しかけ、彼は全員の注目を浴びながら顔を熱くさせてしまった。

ここは駅前にある寿司屋の二階、彼が住んでいる団地の親睦会である。

朝田《あさだ》光司は都内に住む二十歳《はたち》の大学二年生。先月にサラリーマンの父親が地方に転勤となり、母親も一緒に行ってしまったため、しばらくは団地に一人暮らしだった。

そのため団地の親睦会に、こうして光司が参加する羽目になったのだが、主婦たちは最年少の彼に注目し、何かといじり回していた。

光司も、曖昧《あいまい》な笑顔で当たり障りない返事をしていたが、まさか、まだファーストキスも未経験の童貞だとは言えず、主婦たちは実に遠慮なく彼を見つめ、際どい話題を振ってきたのだった。

ここは都下郊外の町、まだ昭和の頃に建った団地が残っており、光司が住むエリアは三棟、全て同じ造りの２ＬＤＫで、だいぶ住人は減ったとはいえ、まだまだ百世帯以上が生活していた。

一応、定期的に理事会があり、光司の母親が理事をしていたので、来春の入れ替えまでは彼も母の代わりに参加せざるを得なかったのである。

光司の専攻は国文だが、中高生相手に教師をする気にはなれず、何とか四年生ぐらいまでに作家デビューできれば良いと甘い考えを持っていた。

しかし投稿小説の執筆は一行に進まず、それよりも光司の全てを占めているのは激しい性欲であった。

勉強は得意で趣味は読書、スポーツは苦手だがオナニーは日に二度三度としなければ落ち着かず、思うのはまだ見ぬ女体ばかり。しかしシャイなため片思いばかりで、今まで一度も女性と付き合ったことはなかったのである。

同じ年頃の女子はみな生意気で奔放で、ダサい光司などとても相手にしてくれないだろう。

だから彼の願いは、今ここにこうして揃っている美熟女の誰かに手ほどきを受けることだった。

（そう、出来れば、この由紀子《ゆきこ》さんが最初の相手だったらいいな……）

光司は、向かいに座っている森井《もりい》由紀子の整った顔と、ブラウスがはち切れんばかりの巨乳をチラと見て思った。

由紀子とは比較的親しい方で、それは彼女の娘の香織《かおり》が高校時代のとき、光司が少しの間、家庭教師をしていたからだ。

光司の母親が由紀子と理事同士で仲が良く、それで紹介され、僅か半年ばかりだが勉強を見てやっていたのだ。

その香織も無事に大学に入り、未だに彼は由紀子に感謝されている。

由紀子は三十九歳の熟れ盛り、一人娘の香織は大学一年生で十八歳である。

他の主婦たちとは違い、由紀子だけは彼に際どい話を振ってきたりはせず、上品な笑みで彼を見るだけだった。

由紀子の右側に座っているのはメガネ美女で、商社マンをしている夫がいて、中学教師をしている三十二歳の宗方圭子《むなかたけいこ》。

由紀子の左側には、若妻で二十九歳の岡野《おかの》ひとみ。

この圭子とひとみは、あけすけに質問を振り、年上の図々しさで若い光司を追い詰めて楽しんでいた。

この三人は、同じ料理スクールに通う仲良しらしい。しかも、三人とも夫は単身赴任中。圭子は子が無く、ひとみは赤ん坊が生まれたばかりだが、同じ棟に両親がいるので何かと預けたりしているらしい。

光司は、この由紀子、圭子、ひとみの三人なら、誰でも良いので手ほどきをしてほしいと思い、日頃からもオナニー妄想でお世話になっているトリオだった。

年齢はまちまちで性格も異なるが、みな美形で魅惑的な団地妻たちである。

そして光司は、最も熟れた由紀子が第一希望だった。

夫が地方へ赴任し、きっと欲求も溜まっているのではないか。まして狭い団地だから、娘が成長するにつけ、夫がいる頃もそうそう夫婦生活はしてこなかったに違いない。

そんなことを思っているうち、光司は痛いほど股間が突っ張ってきてしまった。

(早く帰って、由紀子さんを思って抜きたい……)

光司はそんなことを思った。そう、どう攻略するかなど考えもせず、ただオナニーがしたいというのが今の彼のパターンなのだった。

理事会といっても、特に仕事があるわけではない。

周囲や階段の清掃などは業者を頼んでいるし、住人が減りつつあるので近隣のトラブルもなく、せいぜい誰々が引っ越して空室になったとかいう報告がされるだけであった。

今日も年末の定例食事会で、幼い子がいる家庭ではクリスマス会をどうするとかいう話し合いをしているようだが、このテーブルには関係が無かった。

やがて食事も終えると、老人の理事長が締めの挨拶をし、理事たちによる食事会もお開きとなった。

一行はゾロゾロと寿司屋を出て、徒歩五分の団地まで歩いた。早い時間に食事会を始めたが、もう空はすっかり暗くなっている。

ひとみと圭子は別棟なので別れ、光司は由紀子と一緒にA棟へ入った。

彼の部屋は二階で、その真下の一階に由紀子と香織の母娘が住んでいる。五階建てだがエレベーターはない。

「ちょっと寄って下さらない？　教室で作った料理が余っているので、持っていって欲しいの。香織はお友達と旅行に行っちゃったし」

由紀子が言い、一階のドアを開けた。彼が一人暮らしになったことを知っているので、何かと由紀子は料理をくれるのだ。

「はあ、いつも済みません」

「上がって。お茶でも飲んでいって」

「じゃ、少しだけ」

光司は遠慮なく上がった。娘の香織の家庭教師をしている頃から、何かと上がり込んでいたのだ。

しかし今夜は香織がいないというので、妖《あや》しい期待と妄想が脹らんだ。

香織が不在で、由紀子と二人きりになるのは初めてのことである。

彼がリビングのソファに座ると、由紀子はドアをロックしてから湯を沸かし、冷蔵庫からタッパを二つばかり出して袋に入れてくれた。

もちろんドアのロックは防犯上の習慣であるのだが、こうして密室になると光司の胸は高鳴ってしまった。

部屋の一つは何度も入ったことのある香織の部屋で、もう一部屋は夫婦の寝室だが今は由紀子一人である。

やがてお茶を淹《い》れてくれ、由紀子は斜め前に腰を下ろした。

「ひとみさんと圭子さんに、ずいぶん追及されていたわね」

「ええ、何とも答えようがなくて困っちゃいました」

「じゃ、本当に彼女はいないのね？　片思いしている人も？」

「はい、全く。大学では一人で講義を聴いて昼飯を食うだけです」

「もしかして、今までも？」

「まだ誰とも付き合ったことはないです。もちろん風俗も行ってません」

光司も、由紀子には正直に答えた。

他の主婦もおらず今は二人きりなので、彼は四十歳を目前にした美熟女に甘えたい気持ちになっていたのだ。

「そう、風俗も未経験なの。じゃ、やっぱり本当の童貞なのね……」

由紀子がお茶をすすって言う。女神様のように美しい由紀子の口から、童貞という言葉が出ると、彼の胸がドキリと高鳴った。

「私が、頂いちゃおうかな……」

彼女が、光司の方を見ず俯《うつむ》き加減に言った。

「え……？　本当ですか！」

光司は思わず顔を上げ、身を乗り出して言った。

「まさか、冗談に決まってるでしょう」

由紀子も顔を上げ、笑みを含んで答えた。しかし、もう彼の勢いは止めようがなくなっていた。

「どうか、教えて下さい。お願いします。前からずっと、由紀子さんに手ほどきされることが夢だったんです」

普段ならとても言えない台詞《せりふ》だが、寿司屋で少しビールと日本酒を飲み、まして由紀子の言葉に長年の憧れのスイッチが入ってしまったようだ。

「まあ……、本気なの？　うんと年上なのに……」

「どうかお願いします！」

光司は深々と頭を下げた。

もしかして実現するかも知れないという期待に股間が突っ張り、拒まれたら襲いかかってしまいたい衝動にさえ駆られた。もちろん実際には、そんな思いきったことなど出来ないだろう。

「でも、ご両親の留守中にそんなこと……」

まだ少し由紀子にはためらいがあるようだが、それでも香織のいないときに誘ったのは彼女の方なのだから、多少はその気もあるのではないか。

「お願いします。二人だけの秘密で」

「ええ、もちろん秘密にしてくれないと困るけど……」

光司の懇願に、だいぶ由紀子もその気になってくれたようだった。

2

「じゃ、まずシャワーを浴びて少し考えるわね」

由紀子が腰を浮かせて言うので、もうほぼ百パーセント大丈夫だろうと光司も確信した。

「僕は理事会の前にお風呂入ってきました。だから、どうかこのままで」

彼は、立ち上がってバスルームへ向かおうとした由紀子を押し止めて言った。

光司が早めに入浴してきたのは本当だし、寿司屋を出る前に小用も済ませたし、帰り道は習慣で歩きながらミントタブレットも噛《か》んでいたので、今は何の懸念もない万全の状態だった。

「だ、だって私はゆうべお風呂に入ったきりだから……」

「どうか、ナマの匂いを知りたいというのが長年の夢でしたので」

「まあ、困ったわ……」

「お願いします、お願いします」

光司は彼女の肩を抱え、寝室へと移動していった。間取りは二階と全く同じだし、香織の部屋も知っているので迷うことなく寝室に入った。

六畳の和室にカーペットが敷かれ、ダブルベッドが据えられている。あとは鏡台とクローゼットだけで、今は夫もいないから室内に籠《こ》もるのは由紀子だけの甘い匂いだった。

「どうか脱いで下さいね」

「アア、まさかこんなことになるなんて……」

由紀子は困ったように言いながらも、全く嫌そうではなく、興奮と好奇心に眼がキラキラし、甘ったるい匂いが濃く漂った。

「分かったわ。じゃ少し暗くするわね」

彼女も意を決して言い、照明は枕元のスタンドだけにした。もちろんそれでも観察には充分な明るさだろう。

光司は手早く全裸になり、先にベッドに横になった。

枕には、さらに濃い匂いが悩ましく沁み付いていた。由紀子の髪や汗、涎《よだれ》や体臭の入り混じった匂いだろう。

その刺激が胸に沁み込み、勃起した股間へ伝わっていった。

由紀子も、諦めたように脱ぎ始めた。ブラウスのボタンを外してゆき、脱ぎ去ってスカートを下ろし、ストッキングを脱いでいくと、薄皮を剝《む》くように白く滑《なめ》らかな脚が露《あら》わになっていった。

脱いでゆくたびに、服の内に籠もっていた熱気が解放され、さらに室内に甘ったるく籠もりはじめた。

由紀子は彼に背を向けてブラを外し、白く滑らかな背中を見せると、最後の一枚をゆっくり引き下ろしていった。豊満な尻がこちらに突き出され、光司は思わずゴクリと生唾《なまつば》を飲んだ。

やがて一糸まとわぬ姿になると、由紀子は手で巨乳を隠して向き直り、急いでベッドに横になってきた。

「ああ……」

仰向《あおむ》けになると、彼女は相当緊張しているように声を震わせた。

ろくに男を知らない二十歳での早い結婚だったようで、以後は他に彼氏などもおらず、夫一筋だったのではないか。

それが四十を目前にし、急激に欲求が湧いてきたのだろう。

光司は無垢《むく》ながらも、心の中の冷静な部分でそんな観察をしながら身を起こし、熟れ肌を見下ろした。

肌は透けるように白く、息づく巨乳は左右に垂れることもなく形良かった。

ウエストは僅かにくびれ、豊満な腰のラインからスラリと脚が伸びていた。

光司は夢でも見ているように朦朧《もうろう》となり、吸い寄せられるように巨乳に顔を押し付けていった。

チュッと乳首に吸い付き、舌で転がしながら顔中で巨乳を味わうと、

「アアッ……」

由紀子がか細く喘ぎ、両手で彼の髪を撫で回した。

どうやら欲求はあるが受け身タイプで、彼女からあれこれしてくれそうにないので、ここは光司が積極的になるべきだと思った。

左右の乳首を交互に貪《むさぼ》り、甘い匂いをたどって腋《わき》の下にも鼻を埋め込むと、そこはスベスベだがジットリと湿り、甘ったるい濃厚な汗の匂いが籠もっていた。

彼は噎《む》せ返る体臭に酔いしれながら鼻腔を満たし、熟れ肌を舐《な》め降りていった。

身体の真ん中に移動して形良い臍《へそ》を舌で探り、ピンと張り詰めた下腹に顔を押し付けると心地よい弾力が返ってきた。

そして彼は腰から脚を舐め降りた。以前から、女体を味わう際のシミュレーションをしていたので性急にならず、隅々まで味わっていった。

脛《すね》もスベスベで、やがて足首まで下りると彼は足裏に回り込んだ。

足首を摑《つか》んで押さえ、踵《かかと》から土踏まずを舐め上げ、形良く揃って縮こまる足指の間に鼻を割り込ませて嗅ぐと、そこは汗と脂《あぶら》に湿り、ムレムレの匂いが悩ましく沁み付いていた。

光司は蒸れた匂いを貪ってから爪先にしゃぶり付き、指の股に舌を潜り込ませていくと、

「あう、ダメ、汚いのに……」

それまで朦朧として身を投げ出し、好きにさせてくれていた由紀子がビクリと反応して呻《うめ》いた。

構わず彼は両足とも、全ての指の股を味わい、味と匂いを貪り尽くしてしまった。

「じゃ、うつ伏せになって下さいね」

顔を上げて言い、足首を摑んで捻ると、由紀子も素直にゴロリとうつ伏せになって

くれた。あるいは股間を見られるのが恥ずかしく、それですぐ腹這いになってくれたのかも知れない。

光司はまた屈み込み、彼女の踵からアキレス腱、脹《ふく》ら脛《はぎ》から色っぽいヒカガミ、太腿《ふともも》から尻の丸みを舐め上げていった。

もちろん尻の谷間は後回しで、彼は腰から滑らかな背中を舐め上げていった。

ブラのホック痕《あと》は汗の味がし、いかにもシャワー前の生身を相手にしている実感が得られた。

「ああ……、くすぐったいわ……」

背中も感じるらしく、由紀子が顔を伏せて喘いだ。

光司は肩までいき、アップにした髪に顔を埋めて嗅ぎ、耳の裏側の湿り気も嗅いでから舌を這わせた。

彼女もくすぐったそうに肩をすくめ、息を詰めて身を強《こわ》ばらせている。

そして再び背中を舐め降り、たまに脇腹にも寄り道してから尻に戻ってきた。

うつ伏せのまま股を開かせ、指でムッチリと豊満な尻の谷間を広げると、奥にひっそり薄桃色の蕾《つぼみ》が閉じられていた。

（ああ、美女のお尻の穴……）

光司は感激と興奮に目を凝らしてから、顔を埋め込んでいった。

顔中に弾力ある双丘が密着し、蕾に鼻を埋めて嗅ぐと蒸れた匂いが籠もっていた。

団地でも、トイレはシャワー付きにしているから生々しい匂いはなく、それでも彼は微かな匂いを貪ってから、舌を這わせた。

細かに収縮する襞《ひだ》を舐めて濡らし、ヌルッと潜り込ませて滑らかな粘膜を探ると、

「あう、ダメ、そんなとこ……」

由紀子が呻き、キュッときつく肛門で舌先を締め付けてきた。

光司は中で充分に舌を蠢《うごめ》かせてから、ようやく顔を上げて、再び彼女を仰向けにさせた。

片方の脚をくぐり、開いた股間に陣取ると、彼は白くムッチリと量感ある内腿を舐め上げ、股間に迫っていった。

見ると、ふっくらした丘には黒々と艶《つや》のある恥毛が程よい範囲に茂り、肉づきが良く丸みを帯びた割れ目からはピンクの花びらがはみ出していた。

しかも、そこは驚くほどヌラヌラと潤い、陰唇と内腿の間に愛液が糸を引くほどだった。

「すごい、濡れてる……」

「アア……！」

思わず言うと、由紀子がビクリと身を震わせて喘いだ。

指を当て、そっと陰唇を左右に広げると、神秘の中身が丸見えになった。

奥には、かつて香織が産まれ出てきた膣口《ちつこう》が花弁のように襞を入り組ませ、白く濁った本気汁を滲《にじ》ませていた。

ポツンとした小さな尿道口もはっきり確認できて、包皮の下からは小指の先ほどのクリトリスが、真珠色の光沢を放ってツンと突き立っていた。

「ああ、そんなに見ないで……」

由紀子が、股間に彼の熱い息と視線を感じ、ヒクヒクと白い下腹を波打たせて喘いだ。彼も、とうとう女体の神秘の部分に辿り着いたのだと興奮し、顔を埋め込んでいった。

柔らかな恥毛に鼻を擦りつけて嗅ぐと、隅々には蒸れた汗とオシッコの匂いが馥郁《ふくいく》と籠もり、悩ましく鼻腔が刺激された。

「いい匂い……」

「あう！」

嗅ぎながら言うと、由紀子が呻いてキュッと内腿で彼の両頬を挟み付けてきた。

光司は豊満な腰を抱え込んで押さえ、熟れた匂いで胸を満たしながら舌を挿《さ》し入れていった。熱いヌメリは淡い酸味を含み、すぐにも舌の動きがヌラヌラと滑らかになった。

彼は膣口の襞をクチュクチュと掻《か》き回し、味わうようにゆっくり柔肉をたどってクリトリスまで舐め上げていった。

3

「アアッ……、ダメ、すごいわ……！」

由紀子がビクッと顔を仰《の》け反らせて喘ぎ、内腿に力を込めた。

やはりクリトリスが最も感じるようで、光司も執拗にチロチロと舐め回しては、新たに溢れる愛液をすすった。

味も匂いもすっかり堪能し、さらにクリトリスを舐めながら濡れた膣口に指を挿し入れていくと、中は熱く濡れ、心地よいヒダヒダが指にからみついてきた。

「お、お願い、入れて……！」

とうとう由紀子も正直に口走った。

あるいは最初から挿入を求められ、彼も童貞だから性急に入れてくると思い、それでシャワーも浴びないうちに身を任せてくれたのかも知れず、まさか隅々まで舐められるとは思っていなかったのだろう。

光司も、味と匂いをすっかり覚えてから指を抜いて身を起こした。

股間を進め、急角度にそそり立つ幹に指を添えて下向きにさせ、先端を濡れた割れ目に擦り付けてヌメリを与えた。

そして押し付けながら少し膣口の位置に迷っていると、

「もう少し下……、そう、そこ……」

ようやく由紀子が経験者らしく言い、僅かに腰を浮かせて誘導してくれた。

すると、押し付けているうち張り詰めた亀頭が、落とし穴にでも嵌《は》まり込むようにズブリと潜り込んだ。

「あう、来て、奥まで……」

由紀子が熱く呻き、彼もヌメリに合わせてそのままヌルヌルッと一気に根元まで押し込んでいった。

何という心地よさだろうか。肉襞の摩擦と締め付け、潤いと温《ぬく》もりに包まれると、股間を密着させた途端に彼は昇り詰めてしまった。

「く……！」

たちまち大きな絶頂の快感に貫かれて呻くと同時に、熱い大量のザーメンがドクンドクンと勢いよくほとばしった。

「アア……、いいわ、突いて……」

由紀子が喘ぎ、両手を回して彼を抱き寄せた。

光司も身を重ね、夢中で腰を突き動かし、余りのザーメンを最後の一滴まで出し尽くしてしまった。

何とも慌ただしい初体験であったが、今までのオナニーは何だったのかと思えるほどの心地よさであった。やはり自分の指より、生身の女体と一つになって射精するのが、この世で最も気持ち良いことだったのだ。

「ああ……、気持ちいい……」

光司は胸で巨乳を押しつぶしながら喘ぎ、もう出し尽くしたのにいつまでも動いていた。しかし、もちろん由紀子は果てたわけではなく、やがて力尽きた光司も動きを止めていった。

「ご、ごめんなさい、あっという間で……」

彼は息を弾ませながら言い、いつまでも治まらない動悸《どうき》に身を震わせていた。

「ううん、いいの。いっぱい感じさせてもらったから」

「中に出しちゃったけど……」

「ええ、大丈夫よ」

心配になって言うと、由紀子は優しく彼の髪を撫でながら答えてくれた。

光司はこのまま動き続け、中で回復させようかと思った。どうせオナニーでさえ連続して出来るのだし、まして今は美熟女と一つになっているのだから、すぐに元通りになるだろう。

しかし由紀子が両手を解いて囁いた。

「まだ出来そうね。でも一度シャワーを浴びさせて」

「ええ、分かりました……」

もうナマの味と匂いを堪能したので、彼もノロノロと身を起こしながら答えた。

すっかり満足しているペニスをヌルッと引き抜くと、

「あう……」

由紀子が声を洩らし、支えを失ったようにグッタリとなった。それを支え起こしながら、彼は一緒にベッドを降りた。

全裸のまま寝室を出て、バスルームへと移動する。

自分の家と同じ間取りだが、全く家具の違う部屋を全裸で歩くのも奇妙な心地である。

バスルームに入ると、すぐ由紀子がシャワーの湯を出してくれ、互いの股間を洗い流した。

彼女も、ようやく全身に湯を浴びてほっとしたようだった。

そして彼自身は、湯を弾くほど脂の乗った熟れ肌を見るうち、すぐにもムクムクと回復し、元の硬さと大きさを取り戻してしまった。

何しろ、挿入した瞬間に暴発してしまったのだから、次はじっくりと挿入快感を味わいたかった。

「すごいわ、やっぱり若いからすぐ出来るのね……」

由紀子が目を遣《や》って言ったが、また暴発するといけないとでも思ったのか触れてはこなかった。

やがて身体を拭くと、すぐにも二人はベッドへと戻った。

今度は光司が仰向けになると、由紀子は彼の股を開かせ、腹這いになって顔を股間に寄せてきた。

「こうして、私もされたのだから」

由紀子が言い、彼の両脚を浮かせて尻に迫ってきた。

さきほどは受け身一辺倒だった彼女も、ようやく年上の余裕を取り戻し、リードする側になってくれたようだ。

「あう……」

心の準備が整わないうち、肛門にチロチロと由紀子の舌が触れてきた。

熱い鼻息が陰嚢《いんのう》をくすぐり、彼がしたようにヌルッと舌先が潜り込むと、彼は思わず肛門で味わうようにモグモグと締め付けた。

中で舌が蠢くたび、内側から刺激されたように勃起したペニスがヒクヒクと上下して粘液を滲ませた。

やがて彼女が舌を引き抜き、脚を下ろすと陰嚢に舌を這わせてきた。

「ああ、気持ちいい……」

二つの睾丸が転がされ、ここも激しく感じる部分だと彼は実感して喘いだ。

由紀子は熱い息を股間に籠もらせながら舌を這わせ、袋全体を生温かな唾液にまみれさせてくれた。

さらに前進し、とうとう肉棒の裏側をゆっくり舐め上げ、先端まで来ると幹を指で支え、粘液の滲む尿道口を舐め回してくれた。

「アアッ……！」

滑らかな舌の蠢きに声を洩らすと、

「危なくなったら言うのよ」

「はい……」

彼女が言い、光司も素直に返事をした。

幸い、射精したばかりだから暴発の心配はなさそうなので、生まれて初めてのフェラチオを味わおうと思った。

由紀子は丸く開いた口で張り詰めた亀頭を含み、そのままスッポリと喉の奥まで呑み込んでくれた。

「ああ……」

光司はうっとりと喘ぎ、美熟女の口の中で唾液に濡れた幹をヒクつかせた。

由紀子も深々と含み、幹を口で締め付けて吸い、熱い鼻息で恥毛をそよがせながら口の中ではクチュクチュと舌を蠢かせた。

彼は快感に任せて、ズンズンと股間を突き上げると、

「ンン……」

由紀子は小さく呻き、自分も顔を上下させ、濡れた口でスポスポとリズミカルな摩

擦を繰り返してくれたのだった。

「い、いきそう……」

急激に高まった光司が口走ると、由紀子もすぐにスポンと口を引き離した。

「また入れて」

「どうか、跨《また》いで上から入れて下さい……」

由紀子が言ってきたが、初フェラに力が抜けて起き上がれないので彼はそう答えた。

すると彼女もすぐに身を起こして前進して跨がり、先端に濡れた割れ目を押し付けてきた。

自ら指で陰唇を広げ、位置を定める様子が激しく淫らに映った。

やがて由紀子が息を詰め、若いペニスを味わうようにゆっくり腰を沈み込ませていくと、たちまち彼自身はヌルヌルッと滑らかに根元まで呑み込まれた。

「く……」

摩擦快感に暴発を堪《こら》えて呻くと、彼女はピッタリと股間を密着させて座り込み、身を起こしたまま巨乳を弾ませた。

「なるべく我慢して。すぐには動かないので」

「はい……」

また光司が素直に答えると、由紀子が身を重ねてきたので彼は下から両手を回して抱き留めた。

「膝を立てて、お尻を支えて。動いて抜けるといけないので」

由紀子が囁き、彼も両膝を立てて豊満な尻を支えた。

胸に巨乳が押し付けられ、重みと温もりに包まれながら、あらためて彼は膣内の感触を味わった。

動かなくても、味わうような収縮が繰り返され、奥へ奥へ引き込まれるような蠢きが感じられた。もしかしたら名器なのかも知れないが、他の女性を知らないので何とも言えない。

すると由紀子が顔を迫らせ、上からピッタリと唇を重ねてきたのだった。

4

（ああ、とうとうファーストキスを……）

光司は感激に包まれて思ったが、互いの局部を舐め合い、愛撫し尽くした最後の最後に初めて唇が重なり合うというのも乙《おつ》なものだと思った。

由紀子の舌が潜り込んできたので、光司も歯を開いて受け入れ、チロチロと絡み付けた。

彼女の舌は生温かな唾液に濡れて滑らかに蠢き、何とも美味《おい》しかった。

熱い鼻息が光司の鼻腔を湿らせ、間近に迫る頬もきめ細かく、由紀子が下向きのため唾液も垂れてきて、彼はうっとりと喉を潤した。

キスの感激に思わずズンズンと股間を突き上げはじめると、

「アア……」

口を離した由紀子が淫らに唾液の糸を引き、熱く喘いだ。

鼻から洩れる息はほとんど無臭だったが、口から吐き出される息は熱い湿り気を含み、白粉《おしろい》のような甘い刺激が感じられた。

光司は由紀子の息の匂いに激しく高まり、突き上げを強めていった。

「ああ、いい気持ちよ……、奥まで響くわ……」

由紀子が甘い息で喘ぎ、自分も合わせて腰を遣った。すると大量に溢れた愛液が陰囊の脇を伝い流れ、彼の肛門まで温かく濡らしてきた。

そして動きに合わせ、ピチャクチャと淫らに湿った摩擦音も聞こえてきた。

暴発を堪えてセーブしようと思ったが、いったん動くとあまりの快感に腰が止まらなくなり、彼はしがみつきながら激しく突き上げ続けた。

「い、いきそうよ、まだ我慢して……」

由紀子が息を詰めて言い、収縮と潤いを増していった。

しかし摩擦快感と吐息の匂いに包まれ、いくらも我慢できないうちに光司は昇り詰めてしまった。

「い、いく……、気持ちいい……！」

二度目の絶頂に口走りながら股間を突き上げ、ありったけの熱いザーメンをドクンドクンと勢いよくほとばしらせると、

「あ、熱いわ、もっと出して……、アアーッ……！」

奥深い部分に噴出を感じた由紀子が声を上げ、ガクガクと狂おしい痙攣《けいれん》を開始したのだった。

収縮も彼の全身まで吸い込むように最高潮になり、彼も快感の中で、由紀子がオルガスムスに達したのだと分かった。自分のような未熟な若造でも、大人の女性をいかせることが出来たのだと思うと、限りない悦《よろこ》びと誇らしさが湧いた。

光司は快感と感激の中、心置きなく最後の一滴まで出し尽くすと、すっかり満足しながら徐々に突き上げを弱めていった。

「アア……、すごく良かったわ……」

由紀子も満足げに声を洩らし、徐々に熟れ肌の強ばりを解き、グッタリともたれかかってきた。どうやら合格点がもらえたようで、彼は美熟女の重みと温もりを受けながら、完全に動きを止めた。

まだ膣内は名残惜しげな収縮が繰り返され、刺激された幹が中でヒクヒクと過敏に跳ね上がった。

「あう、もう暴れないで……」

由紀子も敏感になっているように呻き、幹の震えを抑え付けるようにキュッときつく締め上げた。

光司は熱く喘ぐ彼女の口に鼻を押し当て、湿り気ある濃厚な白粉臭の吐息を胸いっぱいに嗅ぎながら、うっとりと快感の余韻に浸り込んでいったのだった。

「一度目よりも長く保《も》ったわね。どう？　初体験の感想は」

由紀子が上気した顔を迫らせて囁いた。

「やっと大人になった感じです。いちばん好きな人と出来て良かった……」

「本当？　私がいちばん好き？　理事会には若くて綺麗な奥様が沢山いるのに」

「ええ、香織ちゃんの家庭教師をしていた頃から、ずっと憧れてました。とうとう夢が叶ったので嬉しいです」

「そう、じつを言うと私も、香織の家庭教師に来ている頃から光司クンに手を出したくて仕方がなかったの」

重なったまま言う由紀子の言葉に彼は驚いた。

「そんな、もっと早く言ってくれれば良かったのに……」

「どうしても、ためらいがあったし、それに今日できたのだから良いでしょう？」

「ええ、またしてくれますか」

「どうしようかしら。しばらく考えさせてね」

由紀子が、焦《じ》らすように言う。

そして光司は、重みと温もりを受け止め、かぐわしい吐息を嗅いでいるうち中でまたムクムクと回復してきてしまった。

「まあ、また硬くなってきたわ。まだ出来るの……？」

「ええ、あと一回したら落ち着きますので」

「私はもう充分よ。またいったら明日動けなくなりそうだから、お口でも良ければしてあげるわ」

「うわ……」

強烈な言葉に、彼はズンズンと股間を突き上げはじめた。

「あう、ダメよ、また感じてしまうから……」

由紀子が言い、それでも光司は動きながら彼女の顔を引き寄せ、また熱烈なディープキスをして舌をからめた。

「唾を出して、いっぱい……」

唇を触れ合わせたまま囁くと、由紀子も収縮を繰り返しながら懸命に唾液を溜め、口移しにトロトロと吐き出してくれた。生温かく小泡の多い唾液を味わい、うっとりと喉を潤すと、

「美味しいの？　味なんてないでしょう」

「ううん、この世で一番清らかな液体……」

彼女が口を離して囁くと、光司は白粉臭の吐息で鼻腔を刺激されながら答えた。

「もう離れるわね」

やがて由紀子が言い、そろそろと股間を引き離し、ペニスを抜いてしまった。

彼女はティッシュで手早く割れ目を拭《ぬぐ》いながら移動し、大股開きにさせた真ん中に腹這い、股間に白い顔を寄せてきた。

すると由紀子は胸を突き出し、巨乳の谷間にペニスを挟むと両側から手で揉んでく

れた。

「あう、気持ちいい……」

光司は強烈なパイズリの快感に呻き、肌の温もりと巨乳の柔らかさに包まれて幹を震わせた。

そして彼女は屈み込み、愛液とザーメンにまみれているのも構わず、先端に舌を這わせてチロチロと舐め回し、たぐるようにモグモグと根元まで呑み込んでいった。

「ああ……」

光司は快感に喘ぎ、仰向けのまま身を反らせた。

膣内も心地よいが、口に含まれると、女性の最も清潔な部分に排泄する器官をしゃぶられるという禁断の興奮が湧いた。

由紀子も熱い息を股間に籠もらせながら、顔をリズミカルに上下させ、濡れた口でスポスポと摩擦してくれた。

たちまち彼は急激に絶頂を迫らせ、下からもズンズンと股間を突き上げ、まるで全身が美熟女の口に含まれているような錯覚に陥《おちい》った。

溢れた唾液が陰嚢の脇を生温かく伝い流れ、これも愛液とはまた違った感触と快感があった。

「あう、いく……！」

光司は三度目の絶頂に全身を貫かれて呻き、まだ残っているかと思えるほどのザーメンがドクンドクンと勢いよくほとばしった。

「ク……、ンン……」

喉の奥を直撃された由紀子が小さく呻き、それでも噎せることはなく摩擦と吸引、舌の蠢きを続行してくれた。

「アア、気持ちいい……」

光司は喘ぎ、美女の口を汚すという申し訳ない思いも快感となり、心置きなく最後の一滴まで出し尽くしてしまった。

すっかり満足しながら突き上げを止め、グッタリと四肢を投げ出すと、由紀子も動きを止め、亀頭を含んだまま口に溜まったザーメンをゴクリと一息に飲み込んでくれたのだ。

「う……」

喉が鳴ると同時に口腔がキュッと締まり、駄目押しの快感に彼は呻き、ピクンと幹を震わせた。

ようやく彼女がスポンと口を離したが、なおも余りを絞るように手で幹をしごき、尿道口に脹らむ白濁の雫《しずく》までチロチロと丁寧に舐め取ってくれたのだった。

「あうう、も、もういいです、有難《ありがと》う……」

光司は過敏に幹を震わせ、降参するように腰をくねらせて呻いた。

「三度目なのにいっぱい出たわね。若いから、すごく濃いわ」

由紀子が顔を上げて言い、淫らにチロリと舌なめずりした。

彼は由紀子を抱き寄せて腕枕してもらい、巨乳に顔を埋めて温もりに包まれながら余韻に浸り、呼吸を整えた。

彼女の吐息にザーメンの生臭さは残っておらず、さっきと同じ上品な白粉臭がして心地よく鼻腔を刺激してくれたのだった。

5

（そうだ。ゆうべ初体験したんだった……）

翌朝、光司は由紀子にもらった煮物をチンして朝食を終え、朝シャワーを済ませて大学に行ってからも、初体験のことばかり思い出していた。

もちろん自慢するような友人はいないし、いたとしても勿体《もったい》なくて話せなかった。

それにしても美熟女を相手に、正常位と女上位、そして口内発射という最高の三回を体験し、翌日になってもまだ夢見心地だった。

やがて昼食を挟み、午後の講義も終えた光司は早めに帰途についた。

由紀子は、週に何度か駅前のブティックでパートをし、あとは料理教室や、仲間たちとのランチなどをして過ごしている。

夫の収入も良いみたいだが、間もなく家を新築するつもりらしく、それで彼女も少しは働いているようだ。

まして香織が旅行中なので、由紀子もパートや外出で不在だろう。

まあ昨日の今日、すぐまたさせてもらえるとも思えないが、それでも光司の胸は弾み、どこかでばったり帰り道の由紀子に行き合わないだろうかと期待した。

すると団地が見えてきた頃、いきなり彼は声を掛けられたのだ。

「光司クン」

驚いて振り返ると、メガネ美女の宗方圭子ではないか。

今は中学校も期末テスト中らしく、通常より早く帰れたようで、両手にスーパーの袋を抱えている。

「あ、持ちますね」

光司は言って駆け寄り、二つの袋を持ってやった。

「有難う。重かったので助かったわ」

圭子は言い、二人でB棟に入った。

彼女の住まいは三階で、一緒に階段を上がると、鍵《かぎ》を出して先へ行く圭子の脹ら脛が艶《なま》めかしく躍動していた。

裾《すそ》の巻き起こす生ぬるい風を嗅ぎながら、三階まで上がるとすぐに彼女はドアを開けてくれた。

「冷蔵庫の前までお願いね」

圭子が言うので光司が上がり込むと、後ろで彼女がドアをロックした。

ようやく荷物を下ろすと、圭子は冷蔵庫を開け、買ってきたものをどんどん放り込み、片付けを終えると冷蔵庫の扉を閉めて立ち上がった。

そして彼女は正面から顔を寄せ、両手を光司の頬に当ててまじまじと見つめてきたのである。

「え……、何ですか……」

「可愛いわ。昨日話して、完全な童貞だって分かったので、どうにも誘惑したかったの。今日ばったり会えてラッキーだったわ」

息がかかるほど迫って囁かれると、甘い匂いに彼自身は痛いほど突っ張ってきてしまった。

もちろん昨夜三回射精しても、一晩寝たので回復しているし、相手が変わればまた何度でも出来そうである。

もう初体験してしまったが、昨日の今日で、圭子も彼が由紀子と何かあったなど夢にも思っていないだろう。

もちろん彼も、無垢を装った方が良いことがありそうだと思った。

「お、教えてくれるんですか……？」

「ええ、私が最初で嫌でないのなら」

「い、嫌じゃないです」

急激な展開に、光司は激しい興奮に包まれた。

これも、昨日由紀子としたため、幸運が尾を引いているのかも知れない。

やはり由紀子が幸運の女神であり、彼も体験しているため積極的になれた。

「どうか、お願いします」

光司は圭子の整った顔を見て答えた。

セミロングの黒髪に、ほんのりソバカスのある頬、由紀子ほどの巨乳ではないが均整の取れたプロポーションで、勤務先の中学校では彼女をオナペットにしている男子学生も多いことだろう。

メガネがいかにも清楚な図書委員といった雰囲気だが、実際は大胆な話題と口調で光司をタジタジとさせていた。

「そう、私でいいのね。素直で良い子だわ。こっちへ来て」

圭子も、光司と会った途端に淫気のスイッチが入ったように、すぐにも彼を寝室に招き入れた。

そして口調も、生徒に対するようで興奮をそそり、彼も中学時代にこんな美人教師がいたら毎晩妄想でお世話になっていたことだろう。

光司や由紀子の寝室と同じ部屋で、やはりダブルベッドだ。

「さあ、脱ぎなさい。全部よ」

圭子が言い、気が急くようにブラウスのボタンを外しはじめた。

「あ、あの、圭子先生……」

「まあ、宗方さんでいいのに圭子先生だなんて。でもいいわ、好きなように呼んで」

「先にシャワーを……朝に浴びたきりだから」

「朝浴びたならいいわ。私はゆうべの入浴だけだけど、構わないわね？」

やはり淫気のスイッチが入っているようで、彼女は言いながら手早く服を脱ぎ去っていった。

光司も全て脱ぎ、先にベッドに横たわった。やはり枕にもシーツにも、圭子の悩ましい体臭がたっぷり沁み付いていた。

たちまち圭子も、ためらいなく一糸まとわぬ姿になり、ベッドに上ってきた。

そんなにしたかったのなら、もっと早く言ってくれれば良かったのに、と彼は由紀子の時と同じ思いになった。

まあ、男女のことは全て絶妙なタイミングなのだろう。その波が、今は彼に向かっているようだった。

「あ、あの、メガネだけは掛けてくれますか」

素顔も美形だが、見慣れた顔の方が良くて光司は言った。

「メガネの女が好きなの？」

「好きです」

「そう、いいわ。私もその方が良く見えるから」

圭子は答え、枕元に置いたメガネを再び掛けてくれ、添い寝してきた。

「すごく勃《た》ってるわ。嬉しい。初めてなら、何を一番してみたい？」

教師だけあり圭子はよく喋り、本格的に手ほどきしてくれるようだった。

「あ、アソコを見たい……」

「いいわ。初めてなら見たいわよね」

圭子は言い、仰向けになると自ら両脚を浮かせて抱えた。

彼が身を起こし、股間に顔を寄せると、さらに圭子は大胆に自ら両の指でグイッと割れ目を広げてくれたのだ。

「うわ……、すごい……」

目の前で大股開きになられて、光司は艶めかしい迫力に声を洩らした。

「何がすごいの？」

圭子も、いちいち言葉尻を捉えてきた。黙々と行わず、話しながら興奮を高めるタイプなのかも知れない。

「濡れてるし、奥まで丸見えだから……」

「そう、よく見てお勉強しなさい」

圭子が言い、光司も目を凝らした。

股間の丘には意外にも楚々とした茂みが煙り、陰唇も中の柔肉も綺麗なピンク色だった。

指で目いっぱい開かれているので、息づく膣口が丸見えで濡れた襞が蠢き、由紀子よりはっきり尿道口が見えた。クリトリスは小指の先ほどもあって光沢を放ち、愛撫を待つようにツンと突き立っている。

両脚を浮かせているので、可憐な薄桃色の肛門も丸見えだった。

「どう、入れてみたい？　いいわよ」

「でも、入れるとすぐ終わっちゃうので、その前に舐めたい」

彼も大胆になり、股間から顔を上げ正直に言った。

「シャワーを浴びてないのに、いいの？」

「うん、匂いも知りたいので」

「アア、興奮してきたわ。好きなようにしなさい」

圭子が熱く息を弾ませ、下腹をヒクヒク波打たせて言った。その間も指で陰唇を広げたままなので、彼の視線を受けるだけでヌラヌラと愛液の量が増し、膣口の収縮が活発になってきた。

光司も腹這いになって顔を寄せ、茂みの丘に鼻を埋め込み、擦り付けながら蒸れた匂いを貪った。

「あう、嫌な匂いしない？」

「すごくいい匂い」

「アア、いい子ね。好きなだけ舐めて……」

圭子が愛液を漏《も》らしながら喘ぎ、彼も嗅ぎながら舌を這わせていった。

息づく膣口をクチュクチュ掻き回すと、やはり由紀子と似たような淡い酸味が感じられ、舌の蠢きが滑らかになった。

初体験から二日目にして、二人目の人妻の股間に顔を埋めているというのが自分でも信じられなかった。

そして光司は匂いに酔いしれながら、膣口からゆっくりクリトリスまで舐め上げていったのだった。

第二章　メガネ教師の性教育

1

「アアッ……、い、いい気持ちよ……！」

光司がクリトリスを舐め回すと、圭子が腰をくねらせながら熱く喘いだ。

まだキスもしていないのに、最初に舐めたのが割れ目というのも興奮をそそり、光司は自分で、キスなど最後で良いのかも知れないと思ったものだった。

彼は恥毛に籠もる、蒸れた汗とオシッコの匂いを貪りながら愛液をすすり、執拗にクリトリスを味わった。

彼女が両脚を浮かせたままなので、そのまま光司は尻の谷間にも鼻を埋め込み、ピンクの蕾に籠もる匂いを嗅いだ。蒸れた汗の匂いで鼻腔を満たしてから、チロチロと舐めて息づく襞を濡らし、ヌルッと潜り込ませた。

「あう、そこも舐めてくれるの、いい子ね……」

圭子が呻き、モグモグと肛門で彼の舌先を締め付けた。

何かにつけ、いい子と言うので、彼女も教え子としているような気分で禁断の興奮を味わっているのだろう。

光司も滑らかな粘膜を探ると、微妙に甘苦い味覚が感じられた。

舌を出し入れさせるように蠢かすと、鼻先にある割れ目から白っぽく濁った愛液がトロトロと漏れてきた。

それを舌で掬《すく》い取りながら、再び割れ目からクリトリスに戻ると、

「ゆ、指を入れて、前にも後ろにも……」

圭子が声を上ずらせてせがんだ。

彼は左手の人差し指を舐めて濡らし、唾液に濡れた肛門にズブズブと潜り込ませ、膣口にも右手の指を押し込んだ。

「あう、前は指二本にして……」

圭子が遠慮なく要求し、光司も二本の指を膣口に潜り込ませた。

すると彼女は前後の穴で、指が痺れるほどきつく締め付けてきた。

光司も、それぞれの穴の中で指を蠢かせて内壁を擦り、なおもクリトリスを執拗に舐め回した。

肛門内部は意外に滑らかで、ベタつきもなく、膣内は熱い愛液が大洪水になっていた。圭子は最も感じる三箇所を同時に愛撫され、いつしか自ら乳房を揉みしだいて喘いでいた。

「あう、天井を擦って、強く……」

圭子が呻いてせがみ、彼も二本の指の腹で膣内の天井にあるGスポットの膨らみを圧迫してやった。

「アア……、いい気持ち、漏れちゃいそう……」

圭子が何度かビクッと身を反らせて喘ぎ、彼も懸命に前後の穴の中で指を蠢かせながらクリトリスを舐め回した。もちろんオシッコを漏らされても嫌ではないし、むしろ美女の出したものなら味わってみたかった。

しかし彼女も漏らすことはなく、すっかり快感を高めたようだった。

「こ、これをお尻に入れて……」

と、圭子が言い、枕元の引き出しから何かを取り出して渡してきた。彼も前後の穴からヌルッと指を引き抜いて受け取った。

それはピンク色した楕円形のローターで、コードが電池ボックスに繋がっている。

どうやら圭子は、こうした器具で夫不在の独り身を慰めていたようだ。

膣内に入っていた二本の指は、攪拌《かくはん》されて白っぽく濁った粘液にまみれ、淫らに湯気さえ立てていた。指の股には膜が張り、指の腹は湯上がりのようにふやけてシワになっている。

肛門に入っていた指に目立った汚れは付着しておらず爪にも曇りはないが、嗅ぐと生々しいビネガー臭が感じられて興奮が高まった。

とにかく彼は圭子の肛門にローターを押し当て、親指の腹で押し込んでいった。

肛門もモグモグとローターを呑み込んでゆき、やがて奥まで入って見えなくなるとあとはコードが伸びているだけとなった。

スイッチを入れると、中からブーン……とくぐもった振動音が聞こえ、

「あう、前に入れて、光司クンのモノを……」

圭子が腰をくねらせて求めた。

光司も身を起こして股間を進め、愛液が大洪水になっている膣口に先端を押し付けていった。

「そう、そこよ、ゆっくり奥まで入れて……」

すっかり自分の快楽だけにのめり込んでいた圭子も、彼が童貞だと思い出したように言い、股を開いて受け身体勢になった。

光司は感触を味わいながらヌルヌルッと根元まで挿入し、股間を密着させた。

「アアッ……、いいわ……！」

前後の穴を塞がれ、圭子が激しく喘ぎ、若いペニスを味わうようにキュッキュッと締め付けてきた。

直腸にローターが入っているせいか、締め付けが由紀子以上にきつかった。

しかも振動が間の肉を通し、ペニスの裏側にも妖しく伝わってくるのだ。

光司は、由紀子との初体験では得られなかった感覚を味わい、ゆっくり身を重ねていった。

屈み込み、チュッと乳首に吸い付いて舌で転がし、形良い膨らみに顔中を押し付けて感触を味わった。

「ああ、突いて……、強く何度も……」

圭子が言い、両手で彼の髪を掻きむしりながら、待ち切れないようにズンズンと股間を突き上げはじめた。

光司も少しだけ合わせて動きながら、左右の乳首を交互に含んで舐め、腋の下にも鼻を押し付けて濃厚に甘ったるい汗の匂いに噎せ返った。

そして充分に胸を満たすと彼女の首筋を舐め上げ、上からピッタリと唇を重ねていった。

圭子の熱い鼻息で鼻腔を湿らせながら舌を挿し入れ、滑らかな歯並びを舐めると、

「ンンッ……」

彼女は熱く呻き、歯を開いてネットリと舌をからませてきた。

光司もチロチロと舐め回し、生温かな唾液のヌメリと滑らかな蠢きを味わった。

メガネのフレームが顔に触れ、互いの息でレンズが曇った。

やがて徐々に動くうちに快感が高まっていき、いつしか股間をぶつけるように激しく律動しはじめると、

「い、いきそうよ……！」

圭子が口を離し、淫らに唾液の糸を引きながら口走った。

熱く湿り気ある吐息は花粉のような匂いがあり、さらに念入りに嗅ぐと、昼食の名残か淡いオニオン臭も混じって悩ましく鼻腔が刺激された。

彼はナマの女の匂いに高まり、リズミカルに動き続けると、膣内の収縮と潤いが格段に増していった。

「い、いっちゃう……、アアーッ……！」

圭子が声を上げ、ガクガクと狂おしく腰を跳ね上げた。どうやら、本格的なオルガスムスに達してしまったらしい。

たちまち彼自身も、収縮に巻き込まれるように昇り詰めてしまった。

「く……、気持ちいい……」

大きな絶頂の快感に口走りながら、熱い大量のザーメンをドクンドクンと勢いよく注入すると、

「あう、もっと出して……」

噴出を感じると、圭子は駄目押しの快感に声を上ずらせ、粗相したように大量の愛液を漏らしながらヒクヒクと痙攣を繰り返した。

光司は膣内の摩擦とローターの震動、かぐわしい吐息で鼻腔を満たしながら心ゆくまで快感を味わい、最後の一滴まで出し尽くしていった。

「ああ……」

すっかり満足しながら声を洩らし、徐々に動きを弱めていくと、いつしか圭子も強ばりを解き、満足げにグッタリと四肢を投げ出していった。

完全に動きを止めても、まだ膣内の収縮と震動は続き、射精直後で過敏になったペ

ニスが中でヒクヒクと跳ね上がった。すると応えるように、キュッと締め付けが増してきた。

光司は力を抜いてもたれかかり、熱く喘ぐ圭子の口に鼻を押し付け、悩ましい吐息を嗅ぎながら、うっとりと余韻を味わった。

しかしローターの震動が続いているので刺激が強すぎ、やがて呼吸も整わないうちに、彼は身を起こしてヌルッとペニスを引き抜いた。

「あう……」

圭子が呻き、膣口からトロリと愛液混じりのザーメンを漏らした。

彼はスイッチを切るとコードを指に巻き付け、ちぎれないよう注意深くローターを引っ張り出した。

ピンクの蕾が見る見る丸く広がり、奥からローターが顔を覗かせると、あとは排泄するようにツルッと抜け落ちた。やはり汚れはないが、彼は少し嗅いでからティッシュに包んで置いた。

「ああ、良かったわ。でも初体験には刺激が強すぎたかしら……」

圭子が、呼吸を整えながら言い、身を起こしてきた。

どうやらバスルームに行くようなので、彼も支えながら一緒にベッドを降りた。

そしてシャワーを浴び、圭子もメガネを外したので、光司は見知らぬ全裸の美女と一緒にいる気持ちになってムクムクと回復していったのだった。

2

「男子生徒は、圭子先生を思ってオナニーしてるんでしょうね」

バスルームで身体を流しながら光司が訊《き》くと、圭子も頷いた。

「何人か、確実にいるわね。朝のホームルームでも熱っぽく私を見ている子がいるから、ああ、ゆうべ私で抜いたんだろうなって分かるの」

「それは、中学生はオナニー覚えたてで何度でもやりたいでしょうからね」

「ええ、私も生徒に手を出したいのだけど、そうはいかないから我慢してたの。それで、しかたなく家でオナニーしたりしてたんだけど、今日はすごくラッキーだったわ。前から私、童貞とするのが憧れだったの」

圭子が言う。童貞でなくて申し訳ないが、光司も由紀子とは違ったタイプが味わえて嬉しかった。

「まあ、もうこんなに勃《た》ってるわ。もう一回できるのね？」

圭子が強ばりに目を遣って言い、指でピンと先端を弾いてきた。

「あう……、ええ、もう一回したいです。でもその前に」

「なに？」

「さっき、漏らしそうって言ったので、ここで漏らして下さい」

「オシッコが出るところ見たいの？　いいわ。どうしたらいい？」

言えば何でもしてくれそうで、光司はゾクゾクと興奮を高めた。

「じゃ目の前に立って下さい。足をここへ」

光司は床に座ったまま言い、目の前に彼女を立たせると、片方の足を浮かせてバスタブのふちに乗せさせた。

そして開いた股間に鼻と口を埋め、割れ目を舐め回した。濃厚だった匂いは薄れてしまったが、新たな愛液が溢れて舌の動きが滑らかになった。

「あう、このまま出していいの……？」

圭子は息を詰めて言い、しかし嫌がらず彼の顔に股間を突き出しながら尿意を高めてくれた。

返事の代わりに彼が割れ目内部を舐め回していると、たちまち奥の柔肉が迫り出すように盛り上がり、味わいと温もりが微妙に変化してきた。

喉を潤した。


「出るわ……、アア……」

圭子が声を震わせると同時に、熱い流れがチョロチョロとほとばしってきた。

光司は口に受け、美人教師の出したものを味わい、ほんの少し飲み込んでみた。

味も匂いも淡く控えめなもので、薄めた桜湯のように抵抗が無いので、彼は続けて喉を潤した。

「ああ、飲んでるの？　いい子ね……」

圭子は言いながら彼の髪を撫で、ゆるゆると放尿を続けた。

それでも勢いがピークに達すると急に衰え、間もなく流れは治まってしまった。

ポタポタ滴《したた》る雫に愛液が混じり、ツツーッと糸を引いて垂れた。

彼は舌を這わせ、残り香の中で余りの雫をすすると、すぐ淡い酸味のヌメリが内部に満ちていった。

「アア、もういいわ、続きはベッドで……」

圭子が言って脚を下ろしたので、彼も顔を離し、二人でもう一度シャワーを浴び、身体を拭いてベッドに戻った。

「今度は私がしてあげるから、ゆっくりお勉強しなさい」

再びメガネを掛けた圭子が教師のような口調で言い、彼を仰向けにさせた。

光司が身を投げ出すと、

「ピンピンに硬くなってるわね。先っぽが濡れてるわ」

圭子が言い、すぐにも彼の股間に顔を寄せてきた。

「脚を上げて、こうして、自分でお尻の谷間を広げなさい」

言われるまま、彼も両脚を浮かせて尻に両手を当て、左右に開いた。

すると圭子も腹這いになり、熱い視線を注いでくるので、光司は羞恥混じりの期待に幹をヒクつかせた。

「肛門舐めて下さいって言いなさい」

やはり圭子は、淫らな会話で興奮を高めるタイプなのだろう。

「こ、肛門舐めて下さい……」

彼は言い、羞恥に先端を濡らしながら胸を高鳴らせた。

「いいわ、こうしてほしいのね」

股間から彼女が答え、舌を伸ばしてチロチロと肛門を舐めてくれた。滑らかな舌先で蠢き、やがてヌルッと潜り込むと、

「あう……」

光司は快感に呻き、肛門でキュッと美女の舌先を締め付けた。

圭子も犯すように舌を出し入れさせ、熱い息を股間に籠もらせた。

そして舌を引き離すと、

「ローター入れてみる?」

妖しい眼差しで囁いてきたのだ。

「そ、それは勘弁して下さい……」

彼は答えた。指でさえ入れられるのは恐いのだから、舌だけで精一杯である。

「そう、じゃ勘弁してあげる」

圭子もスンナリ答え、彼の脚を下ろすと陰嚢にしゃぶり付いた。

二つの睾丸を念入りに舌で転がし、たまにチュッと吸い付くと、

「く……」

急所だけに、思わず彼は刺激に呻いて腰を浮かせた。

やがて陰嚢全体を舐め回すと、彼女は舌先で中央の縫い目をたどり、そのままペニスの裏側を舐め上げてきた。

触れるか触れないかという微妙なタッチで、チロチロと舌を這わせては、なかなか先端まで来ない。

どうやら由紀子よりも、ずっと性のテクニックには長《た》けているようだった。

焦れた光司が身悶えていると、ようやく舌先が粘液の滲む尿道口をヌラヌラと舐め回してくれた。

「ああ、気持ちいい……」

光司が幹を震わせて喘ぐと、圭子も張り詰めた亀頭を含み、モグモグとゆっくり喉の奥まで呑み込んでいった。

快感の中心部を温かな口腔にスッポリ包まれ、彼は彼女の口の中で幹を上下させた。

「ンン……」

圭子も幹を締め付けながら、上気した頬をすぼめて吸い付き、すぐにも顔を上下させ、スポスポとリズミカルな摩擦を開始してくれた。

光司もズンズンと股間を突き上げ、唾液にまみれた幹を震わせ、ジワジワと絶頂を迫らせていった。

「ああ、いきそう……」

彼が警告を発すると、圭子もスポンと口を引き離し、身を起こして前進してきた。

やはり口に受けるより、一つになりたいのだろう。それにさっきはローターの刺激もあったので、今回は生身だけで快感を得たいようだった。

圭子は仰向けの彼の股間にヒラリと跨がり、先端に濡れた割れ目を押し当てた。

「いい？　なるべく長く保たせるのよ」

言うなり、圭子はゆっくり腰を沈み込ませ、ヌルヌルッと滑らかに根元まで嵌め込んでいった。

「アア、いい気持ち……」

彼女は顔を仰け反らせて喘ぎ、ピッタリと股間を密着させて座り込んだ。

そして脚をM字にしたまま、スクワットするように腰を上下させはじめたのだ。

清楚な顔立ちに似合わず、案外スポーティな部分も持っているのかも知れない。

肉襞の摩擦と締め付けが何とも心地よく、

「ま、待って、いきそう……」

光司は、ひとたまりもなく降参して暴発を堪えた。

するとすぐに圭子も動きを止め、完全に座り込んだまま身を重ねてきた。

「まだダメよ、我慢しなさい」

近々と顔を寄せて囁き、圭子は彼の肩に腕を回し、肌の前面を密着させた。

胸に乳房が押し付けられてひしゃげ、恥毛が擦れ合い、コリコリする恥骨の膨らみも伝わってきた。

そして動きをセーブしながら腰を遣い、

「ああ、何て可愛い……」

圭子は言い、彼の顔中にチュッチュッとキスの雨を降らせてきた。

唾液に濡れた柔らかな唇が、額や鼻筋、頬や唇に触れてくると、何とも熔けてしまいそうな快感に包まれた。

恐らく彼女は熱い淫気を隠し、真面目な教師として毎日を過ごしているのだろう。それが今は遠慮なく淫気を全開にし、無垢と思っている青年に全力でぶつかっているようだった。

「ああ、唾でヌルヌルにして……」

喘いで言うと、圭子もソフトなキスを止め、彼の顔中に舌を這わせはじめてくれたのだ。舐めるというより、垂らした唾液を舌で顔中に塗り付けるようで、たちまち彼は美女の唾液にまみれた。

艶めかしく刺激的な吐息と、唾液の匂いに酔いしれ、彼もズンズンと股間を突き上げはじめると、あまりの快感に腰が止まらなくなってしまった。

「い、いきそう……」

「待って、もう少しよ……」

彼が弱音を吐くと、彼女も絶頂の大波を待って激しく動き続けた。

圭子も動きが止まらなくなり、大量の愛液で互いの股間がビショビショになると、クチュクチュと淫らに湿った摩擦音が響いた。

尻にローターが入っていなくても締まりは良く、膣内の収縮が活発になり、彼自身は奥へ奥へと吸い込まれるようだった。

もう限界である。光司は摩擦と悩ましい匂いに包まれ、とうとう絶頂に達してしまった。

「い、いく……！」

快感に口走りながら、ありったけの熱いザーメンをドクンドクンと勢いよくほとばしらせると、

「い、いいわ……、アアーッ……！」

辛うじて圭子もオルガスムスを合わせられたように喘ぎ、ガクガクと狂おしい痙攣を繰り返した。光司は快感を噛み締め、心置きなく最後の一滴まで出し尽くし、満足しながら突き上げを弱めていった。

「ああ、良かったわ、すごく……」

圭子も肌の硬直を解きながら囁き、力を抜いてグッタリともたれかかってきた。

光司は重みと温もりを受け止め、まだ息づいている膣内でヒクヒクと過敏に幹を震

わせた。

そして花粉臭の吐息を間近に嗅ぎながら、うっとりと余韻に浸り込むと、

「これからもして……」

圭子が熱い息遣いで囁いた。

「ええ、もちろんお願いします」

光司が答えると、圭子は枕元のティッシュを手にし、そろそろと身を起こして股間を引き離した。そして手早く割れ目を拭いながら顔を移動させ、湯気が立つほど愛液とザーメンにまみれている亀頭にパクッとしゃぶり付いてきた。

「あう……」

光司は腰をよじって呻いたが、圭子は執拗に舌をからめ、ヌメリを吸い取って綺麗にしてくれたのだった……。

3

（二日のうちに二人の人妻と……）

翌日も、光司は大学の講義でぼうっと女体のことばかり考えていた。

そして、思い切って官能小説を書いてみようかと思った。

憧れのセックスを体験したからといって、気が済むほど性欲は弱くはないし若さもある。知れば知るほど、今度はあれもしよう、これもしてみたいと欲望は限りなく湧いた。

その思いを文章に綴《つづ》れば、何とか形になるのではないか。

童貞の頃の妄想だけでは続かないだろうが、もう二人もの魅力的な人妻の味も匂いも知り尽くしたのである。

今までは恋愛ものやアクションめいた内容で書きはじめたこともあったが、どうにも完結には到らなかったのだ。

しかし官能なら、体験と願望の両方を書き、文庫本の一冊分ぐらい仕上げられるような気がしていた。

だから光司は講義中に、登場人物の名前や年齢などを考え、メモしていった。

もちろんテーマは、少々古めかしい気もするが団地妻の実体である。

間もなく冬休みに入るので、そうしたら執筆に専念できることだろう。

やがて彼は講義を終え、真っ直ぐに帰宅した。もうすっかり日が傾いている。

そして習慣でシャワーを浴び、夕食の仕度をしようと思った。由紀子にもらった料理もなくなったので、どうせ冷凍物をチンするだけである。

するとスマホにメールの着信があった。

見ると、下の階の由紀子からではないか。理事同士なので、メアドも交換していたのである。

『良かったら夕食に来ませんか。作りすぎてしまったので』

それを読んだ彼は舞い上がり、すぐ行くと返信して腰を上げた。あるいは由紀子も下の階から、彼が帰宅する頃合を見計らっていたのかも知れない。

まだ香織が旅行中なら、食後に彼女と出来るのではないか。

やはり熟れて美しい由紀子がいちばん好きだったし、何といっても彼女は光司にとって最初の女性だから思い入れも強かった。

そういえば、一昨日の初体験以来、毎晩していたオナニーもしなくなっていた。

生身の女体を知ると、自分で抜くより、翌日に何か良いことがあるかと期待し、何もせず寝るようになっていたのである。

由紀子は下の部屋だし、圭子は隣の棟に住んでいるのだから、二人とも身近で気楽に会えそうなのだ。

ドアを施錠して一階に下りると、チャイムを鳴らす前にドアが開いた。

足音を聞きながら待ちかねていたようで、由紀子が女神様のような笑顔で迎えてくれた。どうやら外出から戻り、すぐ夕食の仕度をしたようで、彼女はワンピースにエプロンを着けていた。

由紀子はすぐドアをロックし、彼を食卓に招いた。

すでに鍋が用意され、すき焼きの匂いが漂っているので、光司も急激に腹が空いてきて、今はまず性欲より、食欲を満たす気になった。

「じゃ、始めていてね。すぐ戻るから」

由紀子はエプロンを外して言い、寝室に引き上げた。ようやく普段着に着替えるのだろう。

すき焼きなど実に久々である。白滝に白菜に春菊に、何より肉がたっぷりある。

すぐに由紀子も普段着になって戻り、向かいに座ってビールを開けてくれた。

光司も遠慮なく卵を溶き、二人で乾杯してから箸《はし》を付けた。

「ああ、何て美味しい。こんなちゃんとした夕飯、すごく久しぶりなんです」

「そう、良かったわ。明日は香織が帰ってくるので、何とか今夜一緒に食事したかったの」

言うと由紀子が答え、やはり作りすぎたというのは口実だったようだ。

一昨日に初体験し、すぐ今日に誘ってきたのだから、これまでに彼女も相当に欲求を溜め込み、光司との体験ですっかり火が点いてしまったのかも知れない。

もちろん昨日彼が圭子としたなど、夢にも思っていないだろう。

二人でビールの大瓶を一本開けると、由紀子が日本酒に変えてくれた。光司はあまり飲める方ではないが、すき焼きも旨いし気分が良いので、勃起に支障が無い程度に少しだけ口にした。

重点的に肉ばかり頂き、腹が膨れてくると、由紀子も雑談が滞りがちになってきた。

やはり次の段階に移るタイミングを見計らっているのだろう。

「ご馳走様でした。もうおなかいっぱいです」

「そう、思ったより小食なのね」

由紀子が答えたが、彼女も食事の後半からは次への期待のせいか、あまり食が進まなかったようだ。

淹れてくれた茶を飲んでいると、由紀子が手早く後片付けをした。

「あの、シャワー借りていいですか」

彼女が言い出せずモジモジしているので、光司の方から切っ掛けを作った。

やはり光司も、由紀子や圭子の肉体を知ってから、すっかり積極的になってきたようだ。

「ええ、シャワーじゃなくお風呂が沸いているからゆっくり入って」

由紀子が言い、バスタオルを出してくれた。

光司は遠慮なく脱衣所に入って全裸になり、激しく股間を突っ張らせた。

洗濯機を覗くと、由紀子のものらしい下着が入っていたが、旅行中の香織のものはないようだ。

まあ生身が味わえるのだから、取り出して嗅ぐのは控え、彼は由紀子か香織のものか分からないが勝手に歯ブラシを借りてバスルームに入った。

そして身体を流し、湯に浸かって歯磨きしながら、今夜は何をしてみようかと思いを巡らせた。

湯から上がると放尿もして、もう一度湯を浴び、万全に調《ととの》えて身体を拭いた。

脱いだものを手に持ち、腰にバスタオルを巻いて脱衣所を出ると、

「じゃ私も急いで入ってくるわね」

由紀子が言うので、もちろん彼は押しとどめた。

「どうか、由紀子さんは今のままがいいんです」

「だって、今日はあちこちずいぶん歩き回ったし……」

「お願いします。もう待てないので」

光司は言い、そのまま彼女と一緒に寝室に入ってしまった。

「知らないわよ、すごく汗臭くても……」

「ええ、どうか脱いで下さいね」

尻込みする由紀子に答え、彼は腰のタオルを外すとすぐベッドに横になった。

ピンピンに勃起したペニスを見ると、ようやく彼女もためらいを捨て、手早く脱ぎはじめてくれた。

始めるとなると由紀子もすぐに一糸まとわぬ姿になり、巨乳を息づかせながら添い寝してきた。

「ああ、嬉しい……」

光司は甘えるように腕枕してもらい、汗ばんで甘ったるい匂いの籠もる腋の下に鼻を埋め込んで言った。

「いい匂い」

「あう、ダメ……」

腋に鼻を擦りつけ、嗅ぎながら言うと由紀子が身じろぎ、巨乳を揺すった。

光司はミルクに似た濃厚な汗の匂いに噎せ返りながら、目の前にある巨乳を揉みしだいた。

そして美熟女の生ぬるい体臭でうっとりと胸を満たしてから、移動してチュッと乳首に吸い付き、舌で転がしながら顔中で豊満な膨らみを味わったのだった。

4

「アア……、いい気持ち……」

由紀子が、すぐにもクネクネと身悶えて熱く喘ぎはじめた。

やはり戸惑いとためらいのあった初回より、すでに肌を重ねているから、彼女も火が点くのが早いようだった。

光司は上からのしかかり、仰向けになった由紀子の左右の乳首を交互に含んで舐め回し、やがて白くスベスベの熟れ肌を舐め降りていった。

股間を後回しにして脚を舐め、足指の間に鼻を割り込ませてムレムレの匂いを貪り、爪先にしゃぶり付いて汗と脂の湿り気を味わった。

「あう、ダメよ、汚いのに……」

また由紀子は脚を震わせて呻いたが、彼は構わず両足とも味と匂いをしゃぶり尽くしてしまった。

そして大股開きにさせて脚の内側を舐め上げ、白くムッチリとした内腿をたどって股間に迫っていった。

見ると、やはり前回以上に割れ目はヌラヌラと大量の愛液に潤っていた。

「は、恥ずかしいわ……」

大股開きにされると、由紀子が力なく嫌々をして声を震わせた。

先に彼は由紀子の両脚を浮かせ、豊満な逆ハート型の尻に顔を寄せた。

「ね、自分で両手でお尻を広げて」

彼は股間から、圭子としたような会話を始めた。

すると由紀子も、羞《は》じらいながらノロノロと両手を尻にあてがい、グイッと谷間を開いてくれたのだ。

薄桃色の蕾が丸見えになり、視線を感じたようにキュッと引き締まった。

「肛門舐めて、って言って」

光司はゾクゾクと胸を震わせながら、圭子に言わされたことを由紀子にしてみた。

「アア、恥ずかしいわ、そんなこと。そこは舐めるところじゃないのよ……」

「でも気持ちいい場所でしょう。さあ言って」

「こ……、肛門を舐めて……」

由紀子の綺麗な声で言われると興奮が増し、彼はもう我慢できず舌を伸ばし、チロチロと蕾を舐め回した。もちろん襞を濡らし、ヌルッと潜り込ませて滑らかな粘膜を味わうと、

「あう……！」

由紀子が浮かせた脚を震わせて呻き、キュッと肛門で舌先を締め付けた。

光司は舌を蠢かせ、淡く甘苦い粘膜を味わってから、ようやく顔を離して脚を下ろさせた。

「ね、今度は指で割れ目を開いて」

股間から言うと、由紀子も興奮で朦朧としながら両手を割れ目に当て、グイッと陰唇を広げてくれた。白っぽい粘液の滲む膣口と尿道口、ツンと突き立ってピンクの光沢あるクリトリスまで丸見えになり、股間に籠もる熱気と湿り気が彼の顔中を包み込んだ。

「オマンコ舐めて、って言って」

「あう、そんなこと言わせたいの？　意地悪ね……」

「でも舐めてほしいでしょう？　どうか言って」

執拗に迫ると、由紀子も膣口を収縮させながら、

「オ……、オマンコ舐めて……、アアッ……！」

か細く震える声で言った途端、新たな愛液がトロリと漏れてきた。あるいは生まれて初めて口にした言葉かも知れない。

もう苛《いじ》めるようなことはやめて、彼も顔を埋め込んでいった。

柔らかな恥毛に鼻を擦りつけて嗅ぐと、蒸れた汗とオシッコの匂いが馥郁と鼻腔を搔き回した。

「いい匂い」

「あう……！」

嗅ぎながら言うと、由紀子が呻き、内腿でムッチリと彼の顔を挟み付けた。

光司はもがく腰を抱え込んで抑え、匂いに酔いしれながら舌を這わせていった。

淡い酸味のヌメリを搔き回し、息づく膣口からクリトリスまでゆっくり舐め上げていくと、

「アアッ……、いい気持ち……！」

由紀子がビクッと顔を仰け反らせて喘ぎ、ヒクヒクと白い下腹を波打たせた。

舌先で上下左右小刻みにクリトリスを舐め回すと、

「ダメ、いきそうよ、お願い、入れて……」

由紀子が切羽詰まったような声で言った。舌の刺激だけで果てるのは何とも惜しいのだろう。

「じゃ、入れる前に舐めて濡らして下さいね」

光司はそう言って身を起こし、前進して巨乳に跨がった。そして谷間で揉んでもらってから先端を鼻先に突き出すと、彼女も顔を上げて先端を舐め回し、スッポリと含んでくれた。

「ああ、気持ちいい……」

彼は快感に喘いだ。クチュクチュと舌がからみつき、たちまち彼自身は生温かな唾液にまみれた。

彼は股間に熱い息を受けながら、美熟女の口の中で最大限に膨張していった。

やがて危うくなる前にペニスを引き離し、再び彼女の股間に戻ると、正常位でヌルヌルッと一気に挿入していった。

「アア、すごいわ……」

根元まで受け入れ、由紀子は味わうような収縮をしながら喘いだ。

光司は身を起こしたまま股間を密着させ、何度か腰を前後させてリズミカルな摩擦快感を味わった。

しかし、彼はここで果てる気はなかった。何しろ昼間の講義中から官能小説の構想を練り、してみたいことがあったのである。

「ね、お尻の穴に入れてもいいですか？」

彼は動きを弱めながら訊いた。

「え……、そんな……」

「無理だったら止《よ》しますけど、どうしても経験してみたいんです」

光司が懇願するように言うと、由紀子も少し緊張しながら考え、やがて答えた。

「痛かったら止めて。そして、あとでちゃんと前に入れてくれるかしら……」

「分かりました。無理にはしませんので」

彼は言い、ゆっくりと膣口からペニスを引き抜いた。そして由紀子の両脚を再び持ち上げ、先端を肛門に押し当てた。

割れ目から垂れる愛液が肛門まで濡らし、潤いは充分なようだ。

「じゃ、入れますね」

光司は言うなり、張り詰めた亀頭をグイッと押し込んでいった。

「あう……」

　由紀子が違和感に眉をひそめて呻いたが、呼吸のタイミングも角度も良かったか、最も太いカリ首までが一気に潜り込んでしまった。あとは、丸く押し広がった蕾にズブズブと潜り込ませていくと、思っていた以上に滑らかに根元まで嵌まり込んでくれたのだった。

「大丈夫ですか」

「え、ええ……」

　気遣って言うと、由紀子は脂汗を滲ませながら健気に答えた。

　光司は、熟れた由紀子の肉体に残る、最後の処女の部分を犯し、膣とは違う感触を味わった。

　そして様子を見ながら徐々に腰を前後させはじめると、彼女も無意識に括約筋《かつやくきん》を緩め、緩急の付け方にも慣れてきたようだ。

　やはりいったん動くと快感で腰が止まらなくなり、彼はジワジワと高まりながら、空いている割れ目を指でいじった。

　摩擦快感が高まると、もう気遣いも忘れ、彼は勢いを付けて股間をぶつけ、密着する尻の丸みを感じながら昇り詰めてしまった。

「アア、いく……！」

たちまち光司は快感に喘ぎ、熱いザーメンをドクンドクンと勢いよく注入した。

「あう……」

噴出を感じたように由紀子が呻き、さらにきつく締め付けてきた。

しかし中に満ちるザーメンで動きがヌラヌラと滑らかになり、光司はアナルセックス初体験の快感を噛み締めながら、心置きなく最後の一滴まで出し尽くしていったのだった。

「ああ……」

満足しながら声を洩らし、彼が動きを止めると、ヌメリと締め付けでペニスが押し出されてきた。やがてツルッと抜け落ちると、彼は美女に排泄されたような興奮を覚えた。

亀頭や幹に汚れはなく、丸く開いて一瞬粘膜を覗かせた肛門も、見る見るつぼまって元の可憐な形状へと戻っていった。もちろん傷ついているような様子も見受けられない。

「は、早く洗った方がいいわ……」

由紀子は、自分より光司を気遣って言ってくれた。

光司も彼女を支えながら起こし、一緒にベッドを降りてバスルームへ移動した。

すると由紀子がしゃがみ込み、甲斐甲斐しくボディソープでペニスを洗ってくれ、湯を掛けて流した。

「オシッコも出しなさい。中からも洗い流した方がいいわ」

由紀子が年上らしく言い、光司も回復を堪えながら何とか尿意を高め、チョロチョロと放尿を済ませたのだった。

5

「さあ、これでいいわ」

もう一度湯を浴びせてから由紀子が言い、最後に消毒するようにチロリと尿道口を舐めてくれた。

「あう、じゃ由紀子さんもオシッコ出して……」

光司はムクムクと回復しながら言い、圭子にしたように床に座ったまま、目の前に由紀子を立たせた。開いた股間に真下から顔を埋めると、まだ彼女は流していないので悩ましい匂いが感じられた。

「む、無理よ、そんなこと……」

「ほんの少しでもいいので」

腰を抱え、執拗に舌を這わせながら答えると、由紀子はガクガクと膝を震わせた。舐めていると愛液だけはトロトロと泉のように溢れ、感じるたび彼女が熱く息を弾ませた。

そして、やはり出さなければ終わらないと悟ったように、由紀子も懸命に息を詰めて下腹に力を入れ、否応なく尿意を高めはじめたようだった。

光司も根気よく待ちながら舐め続けていると、ようやく割れ目内部の柔肉が妖しく蠢きはじめた。

「あう……、出そうよ、離れて……」

由紀子が壁に手を突き、身体を支えながら言ったが、もちろん彼は顔を離さない。

すると熱い流れがチョロッと漏れ、

「く……、ダメ……」

彼女は慌てて止めようとしたが、いったん放たれた流れは止めようもなく、次第にチョロチョロと勢いを増して注がれてきた。

光司は口に受け、淡い味わいと匂いを堪能しながら喉を潤した。

溢れた分が肌を温かく伝い、完全に回復したペニスが心地よく浸された。

「アア……」

由紀子は放尿しながら喘いだが、流れがなかなか治まらずに恥ずかしげだった。

それでも、ようやく勢いが衰えると完全に流れが治まり、彼は余りの雫をすすり、残り香に酔いしれながら舌を這い回らせた。

「も、もうダメ……」

由紀子が彼の顔を突き放し、力尽きたようにクタクタと椅子に座り込んだ。

男の口に放尿するなど、恐らく生まれて初めての体験だろう。彼女はいつまでも息を弾ませ、思い出したようにビクリと熟れ肌を震わせていた。

光司はもう一度二人の全身にシャワーをかけて、彼女を支えて立たせた。

脱衣所で互いの身体を拭くと、再び全裸でベッドに戻っていった。

「お尻、痛かった?」

「ええ、もうしないでね……」

訊くと由紀子が答え、仰向けになった彼の股間に自分から屈み込んできた。

そして自分のアヌス処女を奪った先端にヌラヌラと舌を這わせ、張り詰めた亀頭を唾液に濡らしながら、スッポリと喉の奥まで呑み込んだ。

「ああ、気持ちいい……」

光司は快感に喘ぎ、股間に熱い息を受けながら彼女の下半身を引き寄せていった。

するると由紀子も、ペニスをくわえたまま身を反転させてくれ、女上位のシックスナインで彼の顔に跨がってくれたのだ。

彼は真下から豊満な腰を抱き寄せ、濡れた割れ目に鼻と口を押し付けた。

だいぶ薄れた匂いを貪りながら舌を這わせ、クリトリスを探ると、

「ンンッ……！」

含んだまま由紀子が呻き、反射的にチュッと強く吸い付きながら熱い鼻息で陰嚢を刺激した。

彼はズンズンと股間を突き上げると、由紀子も懸命に顔を上下させ、スポスポとリズミカルな摩擦を繰り返してくれた。たちまちペニス全体が、温かく清らかな唾液にまみれて震えた。

互いに最も感じる部分を舐め合い、さらに彼は顔を上げ、白く豊かな尻に顔を埋め込み、アヌス処女を喪《うしな》ったばかりの蕾にも舌を這わせ、ヌルッと舌を潜り込ませて粘膜を味わった。

「アア、ダメ……」

由紀子が口を離して喘ぎ、キュッと肛門で舌先を締め付けてきた。

「じゃ、入れて下さい」

光司も舌を離して言うと、由紀子は身を起こして向き直り、ノロノロと彼の股間に跨がってきた。

先端に濡れた割れ目を押し当て、彼女は息を詰めてゆっくり腰を沈み込ませていった。たちまち屹立《きつりつ》した肉棒は、ヌルヌルッと滑らかに根元まで膣内に呑み込まれていった。

「アア……、すごいわ……」

由紀子が顔を仰け反らせて喘ぎ、味わうようにキュッキュッと締め上げながら巨乳を揺すった。

光司が両手を伸ばして抱き寄せると、彼女も身を重ねてきた。

胸に巨乳がムニュッと密着すると、彼は両手を回して抱き留め、両膝を立てて豊満な尻を支えた。

まだ動かず、温もりと感触を味わいながら光司は彼女の顔を引き寄せ、下からピッタリと唇を重ねていった。

密着する唇の柔らかさと唾液の湿り気を感じつつ、舌を挿し入れて滑らかな歯並びを舐めると、彼女も舌を伸ばしてからみ付けてくれた。

チロチロと蠢く舌の滑らかさと、生温かな唾液のヌメリが何とも心地よく、彼は由紀子の息で鼻腔を湿らせながら味わった。

そしてズンズンと股間を突き上げると、溢れる愛液ですぐにもピストン運動が滑らかになり、ピチャクチャと湿った音が聞こえてきた。

「アア、感じるわ……」

由紀子が口を離し、熱く喘ぎながら腰を動かしはじめた。やはり当然ながらアヌスより、膣の方がずっと良いのだろう。

口から吐き出される息を嗅ぐと、鼻腔にもわっと湿り気が満ち、白粉臭の刺激が胸に沁み込んできた。

「ああ、いい匂い……」

光司は美熟女の吐息を間近に嗅ぎながら喘ぎ、ジワジワと絶頂を迫らせながら突き上げを強めていった。

膣内の収縮も活発になり、熱い愛液が大洪水になっていた。

「しゃぶって……」

彼が由紀子の口に鼻を押し込んで言うと、彼女も舌を這わせてくれた。

唾液に濡れた舌先が鼻の穴に這い回り、彼は好きなだけ悩ましい吐息を嗅ぎながらヌメリに酔いしれた。唾液の匂いも混じり、光司は胸をいっぱいに満たしながら激しく昇り詰めていった。

「い、いく……！」

大きな絶頂の快感に口走りながら、ありったけの熱いザーメンをドクンドクンと勢いよくほとばしらせると、

「い、いい気持ち……、アアーッ……！」

噴出を受け止めた由紀子も声を上ずらせ、ガクガクと狂おしいオルガスムスの痙攣を開始したのだった。

光司は快感に任せ、彼女の口に鼻を擦りつけヌルヌルにしてもらいながら匂いを貪り、心ゆくまで快感を味わった。

最後の一滴まで出し尽くすと、彼は満足しながら徐々に突き上げを弱めていった。

「ああ……、すごかったわ……」

すると由紀子も熟れ肌の強ばりを解きながら声を洩らし、グッタリと力を抜いて遠慮なく体重を預けてきた。

まだ膣内は名残惜しげな収縮を繰り返し、彼が内部でヒクヒクと過敏に幹を跳ね上げるたび、

「あう、もうダメ……」

彼女も敏感になって言い、キュッときつく締め上げてきた。

光司は温もりと重みを受け止め、甘く悩ましい吐息を嗅ぎながら、うっとりと余韻を味わったのだった。

どうやら彼女もすっかり夢中になってくれたようだが、明日からは香織も旅行から帰ってくるから、今日みたいにそう簡単には呼び出してくれないだろう。

やがて呼吸を整えると由紀子が身を離し、もう一度二人で湯に浸かってから身繕《みづくろ》いをしたのだった。

「じゃ、またいつでも呼び出して下さいね」

「ええ、良いときにメールするわね」

言うと、由紀子も余韻の中でとろんとした眼差しで答えた。

そしてすき焼きの余りをタッパに入れて持たせてくれ、光司は二階へと戻っていったのだった。

(アナルセックスまで体験できたんだ……)

自室に戻ると、彼はこれから書こうと考えている官能小説のため、今日の体験をメモした。

（明日も、誰かと良いことがあるだろうか）

光司は思い、メモを終えると灯りを消してベッドに横になった。

本当に、寝しなのオナニーをしなくて済む生活になってしまったものだ。

そして彼は、今日あったことを一つ一つ思い出しながら、心地よい疲労の中で深い睡《ねむ》りに落ちていったのだった。

第三章　美少女は果実の匂い

1

「やあ、いま旅行帰り？」

昼過ぎ、光司が駅を出て団地に向かっていると、ちょうど旅行カバンを持った香織と行き合って声を掛けた。由紀子の一人娘は、ショートカットに笑窪が可憐で、愛くるしい美少女である。

「朝田先生」

香織も満面の笑みで言い、一緒に並んで歩いた。

「いいよ、光司さんで、もう先生じゃないんだから」

彼は言い、ほんのり漂う思春期の甘ったるい匂いで鼻腔を満たした。

家庭教師をしているときも、何かと香織の匂いを感じたものだ。どうしても勉強を見ていると互いに身を寄せ合うし、ときには下校したばかりでセーラー服姿のままの香織に教えたこともある。

屈み込んでノートに向かうと、胸のVゾーンが開き、僅かに緩んだブラの隙間から乳首が見えそうになっていたこともあった。

女子大の一年生だが、早生まれのためまだ十八歳。

冬の陽射しを含んでふんわりした髪は初々《ういうい》しく乳臭い香りで、たまに感じる吐息は桃のように甘酸っぱい芳香だった。

そして体育があった日などは、甘ったるい汗の匂いも充分すぎるほど感じたことがあった。

そう、彼は母親の由紀子の面影と同じぐらい、可憐な香織を妄想してオナニーではお世話になっていたのである。

彼は大学でも若い女子は苦手だが、香織は素直で明るく、勉強以外のことも何かと話し合ったものだった。

今朝、光司は由紀子にもらったすき焼きで朝食を済ませ、午前中は大学で講義。午後は何もなかったので、学食で昼食をとって帰ってきたところだった。

「じゃ、光司さんと呼びますね」

香織は、笑窪の浮かぶ頬をほんのり赤くさせて言った。

「早めの冬休みなんだね。旅行はどこへ行ってきたの？」

「伊豆のペンションです。仲良しの女子と三人で」

「そう、じゃ楽しかったんだろうね」

光司は言い、やがて一緒に団地へ帰ってきた。

「さっきメールしたら、今はママいないんです。今日は料理教室だから帰りは夕方になるって」

「そう、じゃ僕の部屋に来る？」

香織が言うので、光司もすっかり積極的になって誘った。

「いいんですか」

「うん、久々に色々お話ししよう」

「はい」

言うと香織が元気に返事をし、一緒に二階まで階段を上がった。

旅行帰りだから、本来は帰宅して洗濯物を出したり、疲れたので入浴だってしたいだろうが、以前から香織は何かと彼に懐《なつ》いていたし、それに何より上と下で近いから彼女も気楽に来られるのだろう。

まさか香織も、光司が自分の母親と濃厚なセックスをしているなど夢にも思わないだろう。

一緒に上がり込むと、もちろん光司は玄関ドアを内側からロックした。

本来なら順序として、リビングのソファでお茶でも出すべきだろうが、香織は荷物を置くと、すぐにも彼の部屋に入ってきてしまった。

今までにも何度か、本を借りに香織も入ったことがある。もちろんその頃は、光司の両親もいた。

「わあ、懐かしいな。ここに入るの半年以上ぶりかしら」

香織が言い、彼の本棚を眺めた。そして彼女が椅子に座ったので、光司もお茶を淹れるのは断念してベッドに腰掛けた。

すると彼女も椅子を回転させて、彼の正面に向いた。

「それでね、仲間と色々話したんだけど」

香織が唐突に話しはじめた。

「うん」

「仲良しの二人は、彼氏もいて何度も体験しているんです」

「そう、やっぱり旅先の夜とかは、そうした際どい話題になるんだね。それで香織ちゃんは？」

光司は、良い展開だと思いながら訊いてみた。

「私はまだ何も経験していないんです。高校からずっと周りは女子ばかりだし、他の大学の男子との合コンも、何となく下心ばっかり見えて嫌だし」

香織が言う。してみると、まだファーストキスも未経験の、完全無垢な処女なのだろう。確かに幼げであるし、まだ何も知らない感じである。

だから家庭教師時代も、光司は下心を抱きつつも、自分も童貞だからリードできないと考えていた。そして、まず熟れた由紀子に手ほどきを受け、シッカリ覚えてから無垢な香織に対したいと思っていた。

それが、今は自分も初体験を済ませ、万全の状態になっているのだ。

「そう、それは正解だね。好奇心だけで男と知り合っても、欲望を向けられるだけだから。確かに、あれこれ知りたい気持ちはあるだろうけど」

「ええ、でもお友達は、二人とも良い彼氏がいて、エッチもすごく良いものだって、私の前でさんざん話すんです」

つぶらな瞳で言われ、彼自身はムクムクと勃起してしまった。

「そのうちいい人が見つかるよ」

「でも、年が明けたらすぐ十九歳だから、まだ未経験なんて恥ずかしいです」

香織がモジモジと言い、これは誘っても大丈夫かなと彼がほぼ確信すると、何と彼女の方から言ってきたのだ。

「光司さんが、教えてくれるといいんだけど……」

「本当？　最初が僕でいいの？」

香織の言葉に、光司は急激に舞い上がって答えた。

「ええ、どうかお願いします」

香織が、律儀に頭を下げて言った。何やら、童貞の彼が由紀子にお願いしたときを思い出したものだ。

「そ、それは僕も香織ちゃんのこと大好きだから、願ってもないよ」

「光司さんは、もう彼女は？」

「いないよ。今まで一人も」

彼は、また無垢を装って答えた。

「じゃ、本当にお願いしていいですか」

香織が、初めて同士で大丈夫だろうかという危惧も抱かずに言った。

まだ旅行の余韻で、際どい話題を交わした気分が残っているのだろう。
「あ、あの、僕は避妊具を持っていないんだけど」
「大丈夫です。仲間にピルもらって飲んでいるので」
急に心配になって言うと、香織がはっきりと答えた。もちろん避妊のためというよ
り、生理不順の解消のため服用しているのだろう。
「そう、じゃ脱ごうね」
光司は言い、気が急く思いで窓のカーテンを閉めた。
帰りの駅で小用は済ませているし、歩きながらミントタブレットも噛んでいたので
準備は万全である。朝にシャワーを浴び、ろくに動き回ってもいないし冬のことで汗
もかいていない。
「あの、私先にシャワーを……。ゆうべ入浴して夜中までお話しして、今朝は寝坊し
たうえ朝食のあとまた寝ちゃったから、今日はお風呂入っていないんです」
香織がモジモジと言った。そして仲間たちとどこかで昼食を済ませ、そのまま帰っ
てきたのだろう。
「いいよ、そのままで。もう待てないし、あとで一緒にシャワー浴びればいいから」
「ええ……」

彼が自分で脱ぎながら言うと、香織も意を決したように頷いて椅子から立った。

あるいは、キスしていじって挿入ぐらいに思っているのかも知れない。友人たちも身体の隅々まで舐められたなどという話はしていないだろう。

彼が先に手早く全裸になってベッドに横になると、香織も背を向け、もうためらいなく脱ぎはじめた。

(とうとう母娘の両方と……)

光司は思い、激しい興奮と期待に胸が高鳴り、ピンピンに勃起したペニスがヒクヒクと震えた。

脱いでいくと、見る見る小麦色をした無垢な肌が露わになってゆき、自分の匂いだけしかしない寝室内に、思春期の体臭が立ち籠めはじめた。

ブラを外しソックスも脱ぎ去ると、香織は最後の一枚をゆっくり下ろし、とうとう一糸まとわぬ姿になってしまった。

向き直ると、香織は胸を隠しながら恥じらうように、急いで彼に添い寝してきた。

明るい香織もさすがに緊張し、身を強ばらせて微かに息を震わせていた。

光司は彼女を仰向けにさせると、身を起こして胸を隠す手を離させて身体を見下ろした。

丸く脹らんだ乳房は、母親に似て巨乳になりそうな兆しを見せているが、乳首と乳輪は初々しい桜色だった。股間の翳《かげ》りは楚々とし、脚も健康的にムチムチと張りがあった。

「綺麗だよ、すごく」

「ああ……」

囁くと、香織が羞じらいに声を洩らした。

光司は堪らずに屈み込み、チュッと乳首に吸い付いていった。

2

「アアッ……！」

香織がビクッと身を震わせて喘ぎ、くすぐったそうにクネクネと悶えた。

光司はチロチロと乳首を舌で転がし、顔中で処女の膨らみと甘ったるい体臭を味わった。

もう片方の乳首も含んで舐め回し、左右とも充分に味わうと、もちろん彼は香織の腕を差し上げ、スベスベの腋の下にも鼻を埋め込んで嗅いだ。

生ぬるくジットリ湿った腋には、甘ったるく可愛らしい汗の匂いが濃く沁み付き、悩ましく鼻腔が刺激された。

「ああ……、ダメ、くすぐったい……」

舌を這わせると香織が嫌々をして喘ぎ、少しもじっとしていられないように身をくねらせた。

充分に胸を満たしてから肌を舐め降りると、脇腹も相当感じるように香織が身悶え続けた。

腹の真ん中に移動し、愛らしい縦長の臍を舌先で探り、ピンと張り詰めた下腹にも顔を押し付けて弾力を味わった。

もちろん股間は最後に取っておき、腰から脚を舐め降りて処女の張りを味わい、足首までいって足裏にも舌を這わせた。

「あう……！」

どこに触れてもくすぐったいようで、香織が身を縮めた。

縮こまった足指に鼻を割り込ませて嗅ぐと、やはりそこは生ぬるい汗と脂に湿り、ムレムレの匂いが濃厚に沁み付いていた。やはり若い方が新陳代謝も活発で、匂いが濃いのだろう。

光司は美少女の蒸れた足の匂いを貪り、パクッと爪先を口に含んで順々に指の股に舌を挿し入れていった。

「アアッ……、ダメです、そんなの……」

香織が脚を縮めて喘ぎ、もう何をされているかも分からないほど朦朧となってきたようだ。彼は両足とも、全ての指の股の味と匂いをしゃぶり尽くし、ようやく顔を上げた。

「じゃうつ伏せに」

彼は言い、由紀子と最初にしたときのように香織をうつ伏せにさせた。

踵を舐めると、微かに靴擦れの痕があった。旅行で、普段と違う靴を履いたせいかもしれない。

もう癒えかかっている靴擦れをチロチロと舐めてから、アキレス腱と汗ばんだヒカガミ、ムチムチした太腿から大きな水蜜桃《すいみつとう》のような尻の丸みを舐め上げていった。

もちろん尻の谷間は後回しで、少し尾てい骨の膨らみだけを舐めてから、彼は腰から滑らかな背中を舐めていった。

やはり背中は淡い汗の味がし、

「ああ……」

感じるように香織が顔を伏せて喘いだ。

肩まで行き、乳臭い髪に鼻を埋めて嗅ぎ、耳の裏側の蒸れた匂いも貪ってから舌を這わせた。

彼女はくすぐったそうに肩をすくめている。

再び背中を舐め降り、うつ伏せのまま股を開かせて尻の谷間に迫った。

薄桃色の可憐な蕾がひっそり閉じられ、鼻を埋めると顔中に双丘が密着してきた。

舌を這わせて細かな襞を濡らし、ヌルッと潜り込ませて滑らかな粘膜を味わうと、

「く……！」

香織が驚いたように息を呑み、キュッときつく肛門で舌先を締め付けてきた。

光司は舌を出し入れさせるように動かし、ようやく口を離して再び彼女を仰向けにさせた。

そして脚の内側を舐め上げ、白くムッチリした内腿をたどって股間に迫った。

見ると、ぷっくりした丘にはほんのひとつまみほどの若草が楚々と煙り、丸みを帯びた割れ目からは綺麗なピンクの花びらがはみ出していた。

そっと指を当てて陰唇を左右に広げると、微かにクチュッと湿った音がして中身が丸見えになった。

柔肉も綺麗なピンク色で、思っていた以上に清らかな蜜が湧き出していた。

あるいは、由紀子に似て愛液が多いたちなのかもしれない。

無垢な膣口が襞を入り組ませて息づき、包皮の下からは小粒のクリトリスが顔を覗かせ、艶やかな光沢を放っていた。

もう我慢できず、彼は処女の割れ目を目に焼き付けてからギュッと顔を埋め込んでしまった。

柔らかな若草に鼻を擦りつけて嗅ぐと、やはり隅々には蒸れた汗とオシッコの匂いが籠もり、それに処女特有の恥垢《ちこう》だろうか、ほのかなチーズ臭も混じって鼻腔を刺激してきた。

「いい匂い」

「あん……！」

嗅ぎながら思わず言うと、香織がか細く喘いでキュッと内腿で彼の顔を挟み付けてきた。すぐに挿入などしないので、香織もシャワーを浴びなかったことを後悔しているのかも知れない。

光司は処女の匂いを貪りながら舌を這わせ、無垢な膣口の襞をクチュクチュ探り、味わいながらゆっくりクリトリスまで舐め上げていった。

「アアッ……！」

香織がビクッと顔を仰け反らせて喘ぎ、顔を挟む内腿に力を込めた。

光司ももがく腰を抱え込みながら、執拗に嗅いではチロチロと舌先で弾くようにクリトリスを舐め回した。すると蜜の量が格段に増し、淡い酸味のヌメリで舌の蠢きが滑らかになった。

「あう……、い、いく……、アアーッ……！」

すると、たちまち香織がガクガクと腰を跳ね上げて口走り、大量の愛液を漏らして悶えたのだ。やはり日頃からオナニーぐらいはして、クリトリス感覚の絶頂は知っているのだろう。

光司は、美少女のオルガスムスを目の当たりにして興奮を高め、悩ましい匂いに酔いしれながら舌を這わせた。

「も、もうダメ……！」

香織が声を上ずらせ、懸命に寝返りを打ちながら彼の顔を股間から追い出しにかかった。やはり果てると刺激が強すぎ、射精直後の亀頭のように、全身が過敏になっているのだろう。

ようやく光司も顔を離し、身を起こした。

「気持ち良かった？」

訊くと、彼女は身を縮めて息を弾ませながら、小さくこっくりした。

「じゃ、充分に濡れたので入れてみるね」

光司は言い、再び彼女を仰向けにさせて大股開きにさせた。

股間を進め、幹に指を添えて先端を濡れた割れ目に擦り付けた。そして充分にヌメリを与えると、位置を定めてゆっくり挿入していった。

張り詰めた亀頭がヌルリと潜り込むと、きつい処女膜が丸く押し広がる感触が伝わり、あとは潤いに任せ、ヌルヌルッと一気に根元まで押し込んでしまった。

ネット情報では、処女の場合は一気に挿入する方が痛みが一瞬で済むと書かれていたのである。

「あう……！」

深々と貫くと、香織が眉をひそめて呻き、全身を凍り付かせた。

（とうとう処女としたんだ……）

光司は股間を密着させ、熱いほどの温もりときつい締め付けを味わいながら感激に浸った。

そして脚を伸ばして身を重ねると、すぐにも支えを求めるように香織が下から両手を回してしがみついてきた。胸の下で乳房が押しつけられて、彼も香織の肩に腕を回してのしかかった。

そういえば愛撫に夢中で、まだファーストキスを奪っていなかったと思い出し、彼は上から顔を寄せ、ピッタリと唇を重ねていった。

グミ感覚の弾力が伝わり、唾液の湿り気と熱い鼻息を感じながら、彼は舌を挿し入れた。

舌を左右に蠢かせ、滑らかな歯並びを舐め、唇の内側や引き締まった歯茎まで味わっていると、ようやく香織の歯が開かれて侵入が許された。

奥へ潜り込ませ、生温かな唾液に濡れた舌を探ると、

「ンン……」

彼女も小さく鼻を鳴らし、チロチロと滑らかに舌を蠢かせてくれた。

間近に迫る頬はきめ細かく、水蜜桃のように産毛《うぶげ》が輝いていた。

じっとしていても、膣内は異物を確かめるような収縮が繰り返され、彼自身も堪らず内部でヒクヒクと震えた。

様子を探りながら、徐々に腰を動かすと、愛液が充分なので、すぐにも動きが滑らかになってきた。

「ああ……」

香織が口を離し、顔を仰け反らせて喘いだ。

熱い息を嗅ぐと、それは桃の実でも食べた直後のように甘酸っぱく悩ましい匂いを含み、心地よく鼻腔が掻き回された。

いったん動きはじめると彼はあまりの快感に腰が止まらなくなり、いつしかリズミカルに突き上げていたのだった。

3

「アア……、奥が、熱いわ……」

香織が喘ぎ、未知の感覚を探るように言った。

「大丈夫？　痛かったら止めるからね」

「平気です。そんなに痛くないし、体験できたことが嬉しいので……」

囁くと、香織が健気に答えた。まあ十九歳目前だから、すっかり受け入れる準備も整っているのだろう。

それならと光司も遠慮なく腰を突き動かし、締め付けと摩擦の中でジワジワと絶頂を迫らせていった。どうせ初回から膣感覚のオルガスムスは無理だろうから、長引かせることもないのである。

それに何より、美少女の甘酸っぱい吐息を嗅ぐだけで、すぐにも昇り詰めそうだった。家庭教師時代に、ふとした拍子に嗅ぐのと違い、今は好きなだけ胸を満たして良いのだ。

いつしか股間をぶつけるように動きはじめると、溢れる愛液がクチュクチュと湿った摩擦音を立てた。もちろん感じて濡れているというより、敏感な部分を守るため潤滑油が溢れているのだろう。

恥毛が擦れ合い、コリコリする恥骨の膨らみも痛いほど彼の股間に擦り付けられていた。

そして光司は、美少女の喘ぐ口に鼻を押し込み、濃厚な果実臭を胸いっぱいに嗅ぎながら、もう堪らず激しく絶頂に達してしまった。

「く……、気持ちいい……」

彼は快感に口走りながら、大きな快感に呻き、熱い大量のザーメンをドクンドクンと勢いよく中にほとばしらせた。

「あう……」

噴出を感じたように香織が呻き、嵐が過ぎ去ってフィニッシュを迎えたことが無意識に分かったようだった。

光司は心ゆくまで快感を味わい、最後の一滴まで遠慮なく出し尽くしていった。

すっかり満足しながら徐々に動きを弱めていくと、

「ああ……」

香織も大仕事でも終えたように声を洩らし、グッタリと力を抜いて四肢を投げ出していった。まだ膣内はキュッキュッと息づくような収縮が続き、刺激された幹がヒクヒクと過敏に跳ね上がった。

そして彼は、美少女の甘酸っぱい吐息を間近に嗅ぎ、うっとりと胸を満たしながら余韻に浸り込んでいったのだった。

「大丈夫？　強く動いてしまったけど」

「ええ……、やっと体験できました……」

囁くと香織が答え、光司はそろそろと身を起こしていった。

そして枕元のティッシュを取って股間を引き離すと、手早くペニスを拭いながら、処女を喪ったばかりの割れ目を観察した。

陰唇が痛々しくめくれ、膣口から逆流するザーメンに、ほんの少し鮮血が混じっていた。

その赤さを見て、彼の胸に処女を征服した実感が湧いた。

それでも出血は実に少量で、すでに止まっているようだ。

光司はそっとティッシュを当て、優しく拭いてやった。

「少し休む？　それともシャワー浴びる？」

「浴びます……」

言うと香織が身を起こしはじめたので、それを支えながら一緒にベッドを降りた。

バスルームに移動し、シャワーの湯で身体を流すと、ようやく彼女はほっとしたようだった。

そして自分でボディソープをスポンジにとり、肩や腋や股間、足指の股まで洗いはじめたのだ。

「そんなに洗わなくても、どこもいい匂いだったよ」

「だって、恥ずかしいです……」

香織が身を縮めて答えた。まさか全身隅々まで舐められるとは思ってもいなかったのだろう。

彼も、処女を奪ったばかりのペニスを洗い流した。

そしてシャワーを浴びてシャボンを落とすと、もちろん彼自身はムクムクと回復しながら、バスルームなので例のものを求めてしまった。

「ね、オシッコ出る？」

「え……、出るかもしれないけど……」

訊くと、香織が驚いたように顔を上げて答えた。

「じゃ出してね。出るところが見たいので、立って」

彼は床に座ったまま言い、目の前に香織を立たせた。片方の足を浮かせてバスタブのふちに乗せさせ、開いた股間に顔を埋めると、

「あん……」

香織が声を洩らし、彼の頭に両手を乗せてフラつく身体を支えた。

割れ目を嗅いでも湯上がりのような匂いしかしないが、舐めると新たな蜜が溢れて舌を濡らしてきた。

「出るとき言ってね」

「や、やっぱり無理です……、アアッ……」

クリトリスを舐められ、香織がガクガクと膝を震わせて喘いだ。

それでも舌を這わせているうち、奥の柔肉の蠢きが活発になってきた。

そして味わいが僅かに変化すると、

「あう、出ます……、ダメ……」

香織が息を詰めて言うなり、チョロチョロと熱い流れがほとばしってきた。

光司は嬉々として口に受け、清らかな流れを味わい、うっとりと喉を潤した。

味も匂いも控えめだが、勢いが増すと彼の興奮も増した。

口から溢れた分を肌に受け、ペニスが浸されると、彼自身はすっかり回復し、元の硬さと大きさを取り戻していた。

やがて流れが治まると、彼はポタポタ滴る雫をすすり、残り香の中で割れ目を舐め回した。

「も、もうダメです……」

香織が言って腰を引き、脚を下ろすと椅子に座り込んでしまった。

彼はもう一度互いにシャワーを浴び、香織を立たせて身体を拭いた。もちろん一回の射精で治まるわけもなく、むしろ夢中の一回目より、じっくり味わう二回目の方が期待が大きかった。

しかし処女喪失から立て続けの挿入は酷だろうから、二回目は口に受けてくれるのが最高である。

再びベッドに戻ると、光司は仰向けになって身を投げ出した。

「いいよ、男の身体を観察してみて」

興奮に幹をヒクつかせながら言うと、香織もベッドに座り、彼の身体を見下ろしてきた。

そして手のひらで胸を撫で、徐々に手と視線を股間の方へ移動させた。

「脚の間に入って」

彼が言って大股開きになると、香織も素直に真ん中に陣取って腹這いになり、可憐な顔を股間に迫らせてきた。

「おかしな形だわ。これが入ったのね……」

香織が言い、彼は熱い視線を受けているだけで幹が震え、先端に粘液が滲んだ。

「こんなに勃《た》って、邪魔じゃないんですか？」

「普段は柔らかいんだよ。好きな人を前にしたときだけ勃つんだ」

彼が答えると、香織は恐る恐る手を伸ばして幹を撫で、陰嚢を探り、袋を摘みあげて肛門の方まで覗き込んできた。

やはり受け身になるのは羞恥が激しいが、自分からする分には好奇心が前面に出てきたようだ。初めてグロな肉棒を見ても、彼女の眼はキラキラと興奮に輝いているようだ。

やがて光司は自ら両脚を浮かせて抱え、尻を突き出した。

「ね、綺麗に洗ったし、一秒でいいからお尻の穴を舐めて」

駄目元で言うと、香織は顔を寄せて舌を伸ばし、チロチロと彼の肛門を舐め回してくれた。

「あう、気持ちいい、中にも入れて……」

光司が言うと、香織も一秒どころか長く舐めて濡らし、自分がされたようにヌルッと舌を潜り込ませてくれた。

「く……」

彼は妖しい快感に呻き、モグモグと肛門を締め付けて美少女の舌先を味わった。

あまり長いと申し訳ない気持ちになるので、やがて彼は脚を下ろした。

「この袋も舐めて。玉が二つあるので優しく」

言うと香織も鼻先にある陰嚢に舌を這い回らせ、熱い息を股間に籠もらせながら、二つの睾丸を転がしてくれた。

「ああ、気持ちいいよ。じゃもっと前に来て」

言いながらせがむように幹を上下させると、香織も前進してきた。

そして肉棒の裏側をゆっくり舐め上げ、先端まで来ると粘液が滲んでいるのも厭《いと》わず、尿道口をチロチロと舐めてくれた。

張り詰めた亀頭もパクッとくわえ、笑窪の浮かぶ頰を上気させチュッと吸い付いてくれたのだった。

4

「ああ、深く入れて……」

光司が幹を震わせてせがむと、香織も丸く開いた口でスッポリと喉の奥までペニスを呑み込んでいった。

温かく清らかに濡れた美少女の口に根元まで含まれ、彼は快感にヒクヒクと幹を震わせ、股間に熱い息を受けながら高まった。

たまにぎこちなく歯が当たるのも新鮮な刺激で、それでも香織は懸命に頰張り、下向きのため生温かな唾液を垂らしながらクチュクチュと舌をからみつけてくれた。

たちまち彼自身は美少女の唾液にまみれ、急激に絶頂を迫らせていった。

快感に任せてズンズンと股間を突き上げると、

「ンン……」

喉の奥を突かれた香織が小さく呻き、自分も顔を上下させ、スポスポと濡れた口で摩擦してくれた。

「ああ、いく……、お願い、飲んで……！」

ひとたまりもなく絶頂に達すると、光司は快感に貫かれながら口走った。

同時に、ありったけの熱いザーメンがドクンドクンと勢いよくほとばしり、神聖な美少女の喉の奥を直撃した。可憐な香織の口に思い切り射精するのは、何という禁断の悦びであろうか。

処女を奪うのと同時に、口内発射も何度となく妄想してきたので、その願いが叶ったのだ。

「ク……」

香織は噴出を受けてか細く呻き、それでも噎せることなく摩擦と吸引、舌の蠢きは続行してくれた。

光司は大きな快感を嚙み締めながら、心置きなく最後の一滴まで出し尽くしていった。すっかり気が済んでグッタリと力を抜いて身を投げ出すと、香織も摩擦する動きを止めた。

そして彼女は、ペニスを含んだまま口に溜まったザーメンをコクンと一息に飲み干してくれたのである。

「ああ、気持ちいい……」

キュッと締まる口腔に喘ぎ、彼はピクンと幹を震わせて駄目押しの快感を得た。

ようやく香織がチュパッと口を離すと、なおも尿道口に脹らむ白濁の雫までチロチロと丁寧に舐め取ってくれた。

「あうう、も、もういいよ、有難う……」

光司は腰をくねらせて呻き、過敏に幹を震わせながら言った。そして彼女の手を引っ張り、添い寝させると、甘えるように腕枕してもらった。

「しばらくこうしていて……」

荒い呼吸を繰り返しながら胸に抱かれ、彼は美少女の吐息を嗅ぎながら、うっとりと余韻を味わった。

もちろん香織の吐息にザーメンの匂いはなく、さっきと同じ甘酸っぱい果実臭がして心地よく鼻腔をくすぐってくれた。

「不味《まず》くて嫌じゃなかった？」

「ええ……、光司さんの生きた精子だから、嫌じゃないです……」

訊くと、香織が優しく彼の顔を胸に抱きながら答えた。そう、生きた精子が彼女の胃の中で消化吸収され、美少女の栄養にされていくのだと思うと新たな興奮が湧いてしまった。

しかし、そろそろ由紀子も帰ってくるだろうから今日はもう諦め、また次の楽しみに取っておくことにした。

「高校時代の制服、まだ持ってる？」

「ありますけど」

「今度、それを着てほしいんだ。家庭教師をしてた頃みたいに」

「まだ着られるかしら……」

香織は言ったが、まだ卒業から十ヶ月足らずだし、可憐な顔立ちも体型も変わっていないから、着れば当時の興奮が甦《よみがえ》ることだろう。

やがて呼吸を整えると彼は身を離し、香織も起き上がって身繕いをした。シャワーは家で浴びるらしい。

そして光司は出てゆく香織を見送り、再びベッドに横になり、階下の物音に耳を澄ませた。もちろん大きな音を立ててうがいする様子もなく、いつしか彼はそのまま夜まで寝てしまったのだった。

起きて夕食を済ませると、光司はテレビも点けず、今日あった香織の処女喪失と口内発射の記憶が新鮮なうち、官能小説のためのメモをしたのだった。

これで、三十九歳の巨乳美熟女、三十二歳の人妻メガネ教師、十八歳の処女を攻略したのだ。

これらの体験があれば、幅広い世代の女体描写が出来ることだろう。

そして団地妻モノとして原稿を書きはじめると、嘘のように筆が進んだ。

今まで、青春モノやアクションモノを書き出しても、すぐ続かずにストップしてしまっていたが、今回は最も自分に合ったジャンルなのかもしれない。

眠くなるまで書き進め、ようやくパソコンを切ると彼は心地よい眠りに就いた。

翌朝、光司はいつものように大学へ行き、官能小説のストーリーばかりメモしながら講義を受け、昼食を済ませて午後の講義も終えると帰途についた。

A棟に向かうと、何とそこにメガネ美女の圭子が立って待っていた。

「あ、何か御用でしたか？」

「ううん、少し話したかったので」

光司が言うと圭子が答え、

「良ければ中へどうぞ」

彼女を二階の部屋へ招き入れた。もちろん早くも彼自身は期待に痛いほど突っ張ってしまっている。

そして圭子も、最初から彼の寝室に入ってきたのである。

昨日の香織とのこともあるし、こんなに自分の部屋でする機会があるのなら、そのうち隠し撮りも考えたいと思った。

何しろ、こんなに恵まれた女性運が長く続くとは思えないのだ。また彼女たちと縁が遠くなったとき、隠し撮りの画像があれば、今後のオナニーライフは充実することだろう。

そう、まだ光司は生身との実体験よりも、オナニーの方が性に合っているのかも知れない。

「それでお話って？」

光司は圭子に椅子をすすめ、自分はベッドに腰掛けて言った。

「私、同じB棟の岡野ひとみさんとはすごく仲良しなの」

「ええ、よく知ってます」

彼は答えた。何しろ先日の親睦会では、この圭子とひとみが、二人がかりで光司に際どい話題を振っていじり回してきたのである。

「そのひとみさんが、ものすごく光司クンとエッチしたいみたいなの」

「そ、そうですか……、そんな相談をされたんですか？」

「ええ、それで私は言ってしまったわ。彼はすごく性欲が強いし、どこ舐めるのも嫌がらない子だから誘えば大丈夫って」

「うわ……、言っちゃったんですか、僕としたことを……」

「ええ、もちろん口止めはしたわ。私たちは特別な間柄で、今まで何でも話し合ってきた仲だから、広まるようなことはないので心配しないで」

そう言われても彼は、妙な噂が立ったらという不安を抱いた。

「それで、ひとみさんともしてみたい？」

「そ、それはしたいですよ。覚えたてだし……」

「じゃ明日、ここへ寄越すわ。何時ならいい？」

圭子がスマホを取り出して言う。

ひとみは赤ん坊がいるし、預けるための両親も同じ棟に住んでいるから、出来れば自分の部屋よりここの方が気が楽なのだろう。

「あ、明日の講義は午前中だけだから、午後一時なら帰ってます」

光司は答えながら、明日ならどこに隠し撮りカメラをセットしようかと、チラと思った。

「分かったわ。じゃ明日一時ね」

「あ、シャワーとか浴びずに来てほしいんです」

「ふふ、ナマの匂い好きだものね」

言うと、圭子は即座にひとみにメールした。するとすぐに返信があり、

「OKよ。じゃ明日ひとみさんをお願いね」

圭子は言い、スマホをしまった。

もちろん光司は明日の期待も大きいが、今は目の前にいるメガネ美女に淫気が向いてしまっている。

「あの、少しだけいいですか？」

突っ張った股間を突き出して言うと、

「ええ、もちろんよ」

すぐにも圭子は立ち上がって、手早く服を脱ぎはじめてくれた。

光司もピンピンに勃起しながら全裸になり、圭子も一糸まとわぬ姿になってベッドに身を横たえてきた。もちろん彼が好むのを知っているので、メガネは掛けたままでいてくれた。

「いいわ、好きにして」

圭子が言い、まず光司は彼女の足裏に顔を押し付けて舌を這わせた。

指の股に鼻を押し付けると、汗と脂にジットリ湿ったそこは蒸れた匂いが濃厚に沁み付き、妖しく鼻腔を刺激してきた。

彼はうっとりと嗅いで胸を満たし、爪先にしゃぶり付いて順々に指の間にヌルッと舌を割り込ませて味わいはじめていった。

5

「あう、そんなところが好きなの……？」

圭子はビクリと反応し、呻きながら言ったがもちろん拒みはしない。

光司は両足ともムレムレの匂いを貪って鼻腔を満たし、爪先にしゃぶり付いて全ての指の股に舌を潜り込ませて味わった。

「アア……、くすぐったくていい気持ちよ……」

圭子が熱く喘いで言い、唾液に濡れた爪先で彼の舌をキュッと摘《つま》んだ。

味と匂いを貪り尽くすと、光司は圭子を大股開きにさせ、脚の内側を舐め上げていった。

彼女をオナペットにしている男子生徒が夢見ている、白くムッチリした内腿を舐め上げて股間に迫ると、蒸れた熱気が顔を包み込んだ。

やはり、団地の前で彼を待っていたときから期待していたのか、割れ目は驚くほど大量の愛液にヌラヌラと潤っていた。

恥毛の丘に鼻を埋め込み、擦りつけて嗅ぐと、今日も汗とオシッコの蒸れた匂いが悩ましく鼻腔を刺激してきた。

彼はうっとりと胸を満たしながら舌を挿し入れ、淡い酸味のヌメリの満ちる膣口の襞をクチュクチュ掻き回し、ツンと突き立ったクリトリスまでゆっくり舐め上げていった。

「アアッ……！」

圭子がビクッと身を弓なりに反らせて喘ぎ、内腿できつく彼の顔を挟み付けた。

光司は匂いを貪りながらチロチロとクリトリスを刺激し、トロトロと溢れる愛液をすすった。

味と匂いを堪能すると、彼女の両脚を浮かせ、尻の谷間に鼻を埋め込んだ。

そして蒸れた匂いを嗅いでから舌を這わせ、ヌルッと潜り込ませると、

「あう、いい……！」

ローターほどの刺激はないだろうに、圭子は呻き、心地よさそうにモグモグと肛門で舌先を締め付けてきた。

充分に味わってから脚を下ろし、再び割れ目に戻ってヌメリをすすり、チュッとクリトリスに吸い付くと、

「い、入れて……、ううん、待って、私もしゃぶりたい……」

圭子が声を震わせて言うなり、身を起こしてきたので彼も股間から這い出し、入れ替わりに仰向けになった。

すると圭子がすぐにも彼の股間に屈み込むと、サラリと覆う髪の内部に熱い息が籠もった。

粘液の滲む先端を執拗に舐め回し、舌先を尿道口に押し付けてきた。

そして張り詰めた亀頭をくわえると、モグモグとたぐるように喉の奥まで呑み込んでゆき、幹を締め付けた。

「あう……」

快感に呻きながら股間を見ると、メガネ美女が上気した頬をすぼめて吸い付き、口の中では執拗に舌をからめてきた。

さらに顔を上下させ、スポスポとリズミカルに摩擦を繰り返した。

「ああ、気持ちいい……」

光司が喘ぐと、圭子も唾液に濡らすにとどめ、すぐにスポンと口を離すと身を起こして前進してきた。

彼の股間に跨がり、先端に濡れた割れ目を擦り付け、腰を沈めてゆっくり味わいながらヌルヌルッと膣口に受け入れていった。

「アア……、いいわ……！」

圭子が顔を仰け反らせて喘ぎ、ピッタリと股間を密着させると、すぐにも身を重ねてきた。

光司は両手を回して抱き留め、両膝を立てて尻を支えた。

そして潜り込み、チュッと乳首に吸い付いて舌で転がし、顔中で膨らみの感触を味わいながら生ぬるく甘ったるい体臭に噎せ返った。

両の乳首を交互に含んで舐め回し、腋の下にも鼻を埋め、濃厚な汗の匂いで鼻腔を満たすと、

「ああ……、突いて……」

圭子が喘ぎ、徐々に腰を動かしはじめてきたのだ。

彼も下からしがみつきながらズンズンと股間を突き上げ、何とも心地よい肉襞の摩擦と締め付け、温もりと潤いに高まっていった。

動きながら圭子が顔を迫らせ、ピッタリと唇を重ねてきた。

光司が舌をネットリとからめ、唾液に濡れて滑らかに蠢く美人教師の舌を味わうと彼女もことさら多めにトロトロと唾液を注いでくれた。

彼はうっとりと喉を潤し、突き上げを強めていくと、ピチャクチャと淫らに湿った摩擦音が響きはじめた。

「アア、いきそうよ……、もう少し我慢して……」

圭子が口を離して喘ぎ、収縮と潤いを増していった。

光司も絶頂を迫らせながらも懸命に堪えていたが、圭子の吐き出す悩ましく濃厚な花粉臭の息に刺激され、いよいよ我慢できなくなってしまった。

しかも圭子は、光司が好むのを知っているので彼の鼻の穴をチロチロと舐め、熱く湿り気ある吐息を好きなだけ与えてくれたのだ。

たちまち光司は、強烈な摩擦と締め付け、唾液と吐息の匂いに包まれながら昇り詰めてしまった。

「い、いく、気持ちいい……！」

大きな絶頂の快感に全身を貫かれて口走り、同時にありったけの熱いザーメンをドクンドクンと勢いよく注入してしまった。

「あう……、いいわ……、アアーッ……！」

奥深い部分を直撃する噴出で、彼女も辛うじて合わせるようにオルガスムスのスイッチが入り、ガクガクと狂おしい痙攣を開始したのだった。

光司は吸い込まれそうな収縮の中で快感を味わい、心置きなく最後の一滴まで出し尽くしていった。

「ああ……」

満足しながら声を洩らし、突き上げを弱めていくと、

「アア、良かったわ、何とか一緒にいけて……」

圭子も声を洩らし、強ばりを解いてグッタリと力を抜くと、遠慮なく体重を預けてきたのだった。

光司は息づくような収縮の続く中、満足げに萎《な》えかけたペニスをヒクヒクと過敏に震わせ、かぐわしく濃厚な吐息を胸いっぱいに嗅ぎながら、うっとりと快感の余韻に浸り込んでいった。

「ちゃんといけた？」

重なったまま、圭子が熱く囁いた。

「ええ、すごく良かったです……」

「そう、私も良かったわ。もう一回したいところだけど今日はこれで我慢するので、あとは明日、ひとみさんを気持ち良くさせてあげて」

圭子が言い、呼吸を整えると、そろそろと身を起こした。股間を引き離すと、ティッシュで割れ目を拭い、シャワーは帰宅してするらしく、ベッドを降りると身繕いをした。

「ひとみさんは、もっと激しいから覚悟しておいてね」

圭子が言い、指で軽く髪だけ調えると玄関に向かった。

ようやく光司も起き上がり、全裸のまま玄関まで見送りに行き、圭子が帰るとドアをロックしてシャワーを浴びた。

(明日は、ひとみさんか……)

光司は思い、二十九歳の若妻を思い浮かべた。

そしてDVDカメラを取り出し、机の下にある棚に置いてベッドにレンズを向けてみた。

モニターを反転させて見ると、ちょうどベッド全体が映るので、行為は余すところなく撮れることだろう。割れ目やフェラのアップなどは無理だが、贅沢は言っていられない。

今までエロDVDは何度も見たことはあるが、やはり自分好みでないので文句ばかり浮かび、あまり楽しめなかったものだ。

それが、自分のした動画を見るなら好みに決まっているので、きっと再生を見ながら興奮できることだろう。

そして彼は夕食を済ませると、少し官能小説のアイデアをメモだけして、その夜は明日に備えて早めに寝たのだった……。

——翌朝、心地よい目覚めで起きた光司は、朝食を済ませて大学へ行った。

ろくに講義など聴いていないのだが、やはりちゃんと出席だけはしておかないといけない。

そして昼前に講義を終えたので、学食で昼食を済ませた光司は早めに団地へと帰ってきた。

まだ約束の一時には間があるので、シャワーと歯磨きとトイレを済ませ、DVDカメラをセットして録画スイッチを押しておいた。

（さあ、やるぞお……！）

光司は思った。やはり初めて触れる女性というのは興奮するものだ。

そして期待を高めて待っていると、やはりひとみも待ち切れなかったのか、一時五分前にチャイムが鳴った。

開けて招き入れ、ドアをロックすると、ぽっちゃり型でボブカットのひとみが悪びれずに上がり、すぐにも寝室に入ってきたのだった。

第四章　若妻との母乳プレイ

1

「お部屋、割りと片付いてるのね」

ひとみが室内を見回して言うので、光司は机の下の隠しカメラに気づかれないかとヒヤヒヤしながら、

「驚きました。圭子先生から聞いたときは……」

言うと彼女も光司に視線を向けた。

「ええ、本当は私が光司クンの童貞を欲しかったのだけど、圭子さんの方が一歩早く積極的だったのね」

ひとみは言ったが、それほどの対抗意識や残念さは窺えず、むしろ圭子のことは同

志とでも思っているのか、今は目の前の欲望に専念しているようだった。

「どっちにしろ、まだエッチを知って日も浅いだろうから童貞と同じようなものね。じゃ脱ぎましょう」

ひとみが、興奮と好奇心に目をキラキラさせて言い、自分からブラウスのボタンを外しはじめた。

ムードも何もないが、互いに淫気だけは充分に伝わり合っているので、無駄な世間話など省略で良い。

光司もピンピンに勃起しながら手早く脱いでいくと、

「圭子さんから聞いたけど、シャワーを浴びるなって、それで本当に構わないの？」

見る見る白い肌を露わにさせながら、ひとみが言った。どうやら言いつけを守り、今日はシャワーを浴びていないようだ。

「え、ええ、行ったことないけど風俗嬢は無臭だというので、僕は女性のナマの匂いを熱烈に知りたいんです」

光司も答え、ひとみが脱ぎながら漂わせる濃厚で甘ったるい匂いに期待を高めた。

やがて彼女が一糸まとわぬ姿になり、ベッドに横になると、光司も三十歳を目前にした若妻の肢体を観察した。

実に、僅か数日のうちに四人目の女性である。

しかも幸運にも、全てが美形なのだ。

いや、させてもらえるとなると、なおさら美しく見えるのだろう。

あるいは光司は、どんなタイプでもやれるとなると、そそる部分を一瞬で見つけるのかもしれない。

ひとみは、上背はそれほどないがグラマーで、透けるように色白。腰も豊満で太腿も量感があった。

顔立ちも、実際よりだいぶ若く見えるし可憐なアニメ声だが、性格は圭子と同じぐらいドライで、どんな要求にも応えてくれそうである。

恐らく出産してからは夫婦生活も間遠くなり、まして夫が単身赴任してからは飢えに飢えているのだろう。

しかも豊かな乳房を見ると、やや濃く色づいた乳首に、ポツンと白濁した雫《しずく》が浮かんでいるではないか。

(うわ、母乳が……)

光司は興奮に舞い上がった。どうやら彼女から漂う甘ったるい匂いは、体臭ばかりでなく母乳の匂いだったようだ。そういえば脱いだブラの内側には、乳漏れパッドらしきものも認められた。

「いいわ、何でもして」

ひとみが言い、圭子で覚えたお手並み拝見という風に身を投げ出した。

彼は吸い寄せられるように乳首に吸い付き、雫を舐め取りながら顔中で弾力を味わった。

「アア……、吸って……」

ひとみがすぐにも熱く喘ぎ、自ら母乳の分泌を促すように膨らみを揉みしだいた。

いくら吸っても新たな母乳はなかなか出てこなかったが、あれこれ試すうち、唇で乳首の芯を強く挟むようにして吸うと、ようやく生ぬるく薄甘い母乳が出てきて舌を濡らした。

（出てきた……）

光司は嬉々として吸い出し、うっとりと喉を潤すと、甘ったるい匂いが胸いっぱいに広がってきた。

「ああ、飲んでくれてるのね。いい気持ち……」

ひとみが喘ぎ、彼が飲み込み続けていると、ようやく出が悪くなってきて、膨らみの強ばりも心なしか和らいできた。

もう片方の乳首に吸い付くと、すっかり要領を得て生ぬるい母乳を吸い出した。

赤ん坊の分がなくなるといけないので、左右の乳首を充分に味わうと、彼はひとみの腕を上げさせ、腋《わき》の下に迫った。

すると、何とそこにはモヤモヤと色っぽい腋毛が煙っているではないか。

「わあ、すごい興奮する……」

光司は口に出し、腋の下に鼻を埋め込んで擦り付けた。柔らかな腋毛は恥毛に似た感触で、隅々には濃厚に甘ったるい汗の匂いが濃く沁み付いていた。

やはり出産以来育児に専念し、ケアするのが面倒になっているのだろう。

彼はナマの匂いで胸を満たし、若妻の体臭を心ゆくまで味わってから、白い柔肌を舐め降りていった。肌は淡い汗の味がし、彼はやや変形した臍《へそ》を舌で探り、腰から脚をたどっていった。

すると脛にも、まばらな体毛があったのだ。

これもケアが面倒なのか、元々ずぼらなのか、あるいは自然のままにするというポリシーがあるのかも知れない。

昭和に建った団地の中、トランジスタグラマーで腋毛や脛毛のある人妻を前にすると、何やら本当に昭和にタイムスリップしたような気持ちになった。

脛に頬ずりをして舌を這わせ、足首まで下りていくと、彼は足裏に回り込んで踵から土踏まずを舐め回した。

足指の間に鼻を押し付けて嗅ぐと、やはり汗と脂にジットリ湿り、ムレムレの匂いが籠《こ》もって鼻腔が刺激された。

光司は蒸れた匂いにうっとりと酔いしれてから、爪先にしゃぶり付いて指の股に舌を割り込ませていった。

「あう、そんなことしてくれるの……」

ひとみが呻き、感激したように言った。やはり世間の男たちは、あまり爪先をしゃぶったりしないのだろうか。

光司は両足とも、全ての指の股を舐めて味と匂いを貪り尽くした。

そして大股開きにさせ、脚の内側を舐め上げ、ムッチリとした内腿を通過して股間に迫った。

ふんわりした恥毛が程よい範囲に煙り、割れ目からはみ出す陰唇はすでにヌラヌラと潤っていた。指を当てて左右に開くと、息づく膣口からは、母乳に似た白濁の本気汁が溢れていた。

しかも、包皮を押し上げるようにツンと突き立ったクリトリスは、何と親指の先ほどもある大きなものだったのだ。

もし童貞で初めて見たら、どの女性もこんなに大きなものと思ってしまったかもしれない。乳首ほどもある突起は、幼児のペニスのような亀頭型をし、ツヤツヤと光沢を放っていた。

しかも尻の谷間の蕾も出産で息んだ名残か、レモンの先のように突き出た艶《なま》めかしい形をしているではないか。

見た目は可憐な若妻でも、やはり女性というのは脱がせて股間を見なければ分からないものだと思った。

彼はまずひとみの両脚を浮かせ、白く豊かな尻の谷間に鼻を埋め込んでいった。

蒸れた匂いを貪ってからチロチロと舌を這わせ、ヌルッと浅く押し込んで滑らかな粘膜を探ると、

「あう、いい気持ち……」

ひとみが浮かせた脚を震わせて呻き、キュッと肛門で舌先を締め付けた。

光司も充分に舌を蠢《うごめ》かせてから、ようやく脚を下ろして割れ目に迫った。

茂みに鼻を擦りつけて嗅ぐと、生ぬるく蒸れた汗とオシッコの匂いが鼻腔を掻き回し、舌を這わせると淡い酸味のヌメリが満ちていた。

膣口の襞をクチュクチュ掻き回し、ヌメリを味わいながらゆっくりと大きなクリトリスまで舐め上げていくと、

「アア、いいわ……！」

ひとみが顔を仰け反らせて喘ぎ、内腿で彼の両頰を挟み付けてきた。

光司は匂いに酔いしれながらチュッとクリトリスに吸い付き、舌先でチロチロと舐め回した。

まるでさっき母乳を吸い出すときと同じ要領で愛撫すると、

「そこ、嚙んで……」

ひとみが声を震わせて言った。どうやらソフトタッチより、強い刺激が好みなのだろう。

光司は前歯でそっとクリトリスを挟み、コリコリと愛撫してやった。

「あう、もっと強く……」

ひとみは大量の愛液を漏らしながら呻き、ヒクヒクと白い下腹を波打たせ、自ら両の乳房を揉んだ。その刺激で、また新たな母乳が溢れ、乳房の丸みを艶めかしく伝い流れていた。

そしてクリトリスを愛撫しているうち、

「い、入れて、すぐいきそう……！」

ひとみが腰をよじってせがむので、彼も身を起こして股間を進めた。

先端を濡れた割れ目に擦り付けて潤いを与え、ゆっくりヌルヌルッと膣口に押し込んでいくと、何とも心地よい肉襞の摩擦と温もりが彼を包み込んでいった。

2

「アア……、奥まで感じるわ。突いて……！」

ひとみが身悶えて言い、両手を伸ばして光司を抱き寄せた。

彼も股間を密着させ、温もりと感触を味わいながら身を重ねていった。

胸で乳房を押しつぶすと心地よい弾力が伝わり、ひとみが下から両手で激しくしがみついた。

しかも両脚まで彼の腰に巻き付け、ズンズンと股間を突き上げてきたのだ。

光司は彼女の肩に腕を回し、上からピッタリと唇を重ねていった。

そして熱い鼻息に鼻腔を湿らせながら舌を挿し入れると、

「ンンッ……」

ひとみが呻き、チュッと強く彼の舌に吸い付いてきた。

ネットリと舌をからめ、彼は若妻の生温かな唾液を味わいながら、徐々に腰を突き動かしはじめた。

「あう、いく……！」

すると、すぐにも口を離したひとみが口走り、ガクガクと狂おしい痙攣を開始したのである。どうやら相当に溜まっていたのか、あっという間にオルガスムスに達してしまったようだ。

彼女の口から吐き出される熱い息は、シナモンに似た刺激を含んで悩ましく鼻腔が掻き回された。しかし色っぽい息の匂いにも、肉襞の摩擦にも耐えて、光司はひとみの痙攣が治まるのを待った。

だいぶ挿入摩擦にも慣れ、我慢がきくようになってきたのである。

「アア、気持ち良かったわ……」

ひとみが声を震わせ、脚を離してグッタリと身を投げ出した。

彼も動きを止め、柔肌に身を預けた。

「まだ、いってないのね……、良くなかった……？」

ひとみが荒い息遣いで囁く。

「ううん、すごくいいです。でもいくのが勿体なくて……」

「そう、私が早すぎたのね。ゆっくり二回目をしましょう」

彼が答えるとひとみが言って荒い呼吸を繰り返し、何度かビクッと肌を震わせた。

やがて辛うじて暴発を免れた光司が股間を引き離し、そろそろと身を起こしていくと、ひとみも彼に縋りながらベッドを降りた。

「もう浴びてもいいわね？」

彼女が言い、二人で一緒にバスルームへ移動した。

ようやくひとみもシャワーで身体を流し、息を吹き返したようだった。

もちろん光司は床に座り、例のものを求めた。

「ね、オシッコかけて……」

「まあ、そんなことしてほしいの……」

言うと、ひとみも好奇心に目をキラキラさせて答えた。拒まれないのが実に良く、彼は目の前にひとみを立たせた。

そして片方の足を浮かせてバスタブのふちに乗せ、開いた股間に顔を埋めた。

匂いは薄れたが、愛液は枯れることなくヌラヌラと溢れ続けている。

大きなクリトリスを舐めると、

「あう、すぐ出るわ、いいのね……」

ひとみが言い、本当にすぐにもチョロチョロと放尿してくれたのだ。

熱い流れを舌に受けて味わうと、他の女性よりやや味と匂いが濃く、それでも嫌でなくうっとりと喉を潤した。

「アア、変な気持ち……」

ひとみが息を震わせながら、熱い流れに勢いを付けて注いだ。

光司も肌に浴びながら味わい、若妻の出したものを受け入れた。

やがて流れが治まると、彼は残り香の中で余りの雫をすすり、息づく割れ目内部を舐め回した。

「も、もういいわ、ベッドに戻りましょう……」

ひとみが新たな淫気を湧かせて言い、足を下ろした。

光司も起き上がってもう一度二人でシャワーを浴び、身体を拭いてベッドへと戻っていった。

彼が仰向けになると、ひとみは大股開きにさせて腹這いになり、股間に顔を寄せて熱い視線を注いできた。

「綺麗な色だわ。何て美味しそう……」

幹に指を添え、近々と張り詰めた亀頭を見つめて呟《つぶや》き、舌を伸ばしてヌラヌラと尿道口を舐め回してくれた。

すると彼女は亀頭を含まず、幹を舐め降りて陰嚢をしゃぶり、充分に睾丸を舌で転がすと、自分がされたように光司の両脚を浮かせ、尻の谷間にチロチロと舌を這わせてきたのだ。

そしてヌルッと肛門に舌が潜り込むと、

「ああ、気持ちいい……」

光司は妖しい快感に喘ぎ、キュッとひとみの舌先を締め付けた。せがむ前に、自分からしてくれるのは実に嬉しいことだ。

ひとみも中で舌を蠢かせ、出し入れさせるように愛撫してから、脚を下ろして再びペニスに迫ってきた。

ピンピンに張り詰めた亀頭にしゃぶり付き、スッポリと喉の奥まで呑み込むと、幹を丸く締め付けて吸い、熱い息を股間に籠もらせながらクチュクチュと舌をからめてくれた。

「ンン……」

光司は、唾液に濡れた肉棒を震わせ、ズンズンと股間を突き上げた。

ひとみも鼻息で恥毛をくすぐりながら呻き、スポスポと強烈な摩擦を繰り返した。

「い、いきそう……」

すっかり高まった光司が言うと、すぐにひとみもスポンと口を離した。

「もう一度入れたいわ」

「ええ、跨《また》いで上から入れて下さい」

答えると、ひとみも身を起こして前進し、彼の股間に跨がってきた。

唾液に濡れた先端に割れ目を押し当て、腰を沈めてゆっくり膣口にヌルメルッと受け入れていった。

「アア……、いい……」

根元まで嵌《は》め込むと、彼女はピッタリと股間を密着させて喘いだ。

乳房が揺れ、乳首からはまた新たな母乳が滲んでいた。

「か、顔にミルクかけて……」

光司がせがむと、ひとみも身を重ねて胸を突き出し、自ら乳首をキュッと摘んだ。

すると白濁の母乳がポタポタと滴り、無数の乳腺からは霧状になったものが彼の顔中に生ぬるく降りかかった。

光司は雫を舌に受けて味わい、顔中甘ったるい匂いに包まれながら、膣内の幹をヒクつかせた。

ひとみも両の乳首を摘んで母乳を搾《しぼ》り、ことさら彼の口にポタポタと垂らし、

「美味しい……？」

熱っぽい眼差しで囁いてきた。

やがて、あらかた出尽くすと、彼女は顔を寄せ、光司の顔中に滴った母乳に舌を這わせてくれたのだ。

「ああ、気持ちいい……」

光司は舌のヌメリにうっとりと喘ぎ、母乳と唾液と、シナモン臭の吐息で鼻腔を刺激され、下から両手を回してしがみつきながら、ズンズンと股間を突き上げはじめていった。

「唾を飲ませて……」

「何でも飲みたがるのね」

言うとひとみが答え、懸命に唾液を分泌させると、唇をすぼめて迫り、白っぽく小泡の多い唾液をグジューッと吐き出してくれた。

舌に受けて味わい、うっとりと喉を潤しながら光司は突き上げを強めていった。

「ああ、またいきそうよ……」

ひとみも合わせて腰を遣って喘ぎ、大量の愛液を漏らしてヌラヌラと律動を滑らかにさせた。互いの接点から、クチュクチュと湿った音が聞こえてきた。

光司も今度こそ高まり、濃厚な息の匂いと膣の締め付けの中で激しく昇り詰めてしまった。

「い、いく……、アアッ……！」

絶頂の快感に声を洩らし、熱い大量のザーメンをドクンドクンと勢いよくほとばしらせると、

「か、感じるわ、いく……、アアーッ……！」

噴出を感じたひとみも、再び喘いでガクガクと狂おしい痙攣を開始した。

今度はちゃんと彼も果てたので、彼女は快感に安堵感も加わったのかもしれない。

「ああ、気持ちいい……」

光司は快感を嚙み締めて言い、心置きなく最後の一滴まで出し尽くしていった。

すっかり満足しながら徐々に突き上げを弱めていくと、

「いけたのね？　良かった……？」

ひとみも満足げに声を洩らし、グッタリと硬直を解いて体重を預けてきた。

「ええ、すごく良かったです……」

彼は答え、まだ息づく膣内でヒクヒクと過敏に幹を震わせた。

そしてひとみの濃厚な吐息を嗅いで胸を満たし、完全に動きを止めると、うっとりと余韻に浸り込んでいったのだった。

3

「ね、圭子さんとどっちが良かった？」

まだ重なったまま、ひとみが顔を寄せて訊いてくる。

「そ、それは、ひとみさんの方が、母乳も出るし、腋毛もあるからすごく色っぽいですよ……」

光司は答えたが、もちろん目の前にいる女性が一番なのだ。

「そう、圭子さんのオシッコも飲んだ？」

ひとみは、別にどちらが良いとか深く追及することもなく言った。

「ええ……」

彼は頷き、まだ膣内に入ったままのペニスが徐々に回復してきてしまった。

膣内の収縮と、重みと温もりを受け、しかも悩ましい吐息の匂いに、すぐにも反応してきたのだ。

「また大きくなってきたわね。でも私は二回もいったので充分だわ。お口でしてあげるから飲ませて。私もいっぱいミルク飲んでもらったから」

ひとみが言うと、

「も、もう少しこうしていて……」

光司は言い、なおも若妻の濃厚な吐息を嗅ぎ、ズンズンと股間を突き上げた。

「あう、もうダメよ、感じすぎて動けなくなるから……」

ひとみは言い、そろそろと身を起こして股間を引き離した。

そして彼の股間に陣取ると、まだ愛液とザーメンにまみれ、淫らに湯気の立つ先端に舌を這わせてきた。

尿道口から滲む粘液をチロチロと舐め、張り詰めた亀頭をしゃぶり、吸い付きながらモグモグと喉の奥まで呑み込んでいった。

「ああ……」

光司は熱く喘ぎ、若妻の愛撫に身を任せた。

ひとみもスッポリと根元まで含み、上気した頬をすぼめて吸い付き、舌鼓《したつづみ》でも打つように舌をからめた。

唇や舌の感触、息や唾液の心地よさよりも、美女の最も清潔な口にペニスが入っているという状況に彼は高まった。

小刻みに股間を突き上げはじめると、ひとみも顔を上下させて摩擦を開始した。スポスポと出し入れされると、美女の口にどこまでも深く吸い込まれていきそうだった。

「い、いきそう……」

すっかり高まった彼が口走ると、ひとみも舌の蠢きと摩擦、吸引を強めながら、指先でサワサワと陰嚢もくすぐってくれた。

たちまち彼は激しい絶頂の快感に全身を貫かれ、

「いく……、アアッ……！」

股間を突き上げながら喘ぎ、ありったけのザーメンをドクンドクンと勢いよくほとばしらせてしまった。

「ンン……」

喉の奥に噴出を受けて呻き、ひとみはさらにチューッと強く吸引したのだ。

まるで脈打つリズムが無視され、ペニスがストローと化し、陰嚢から直に吸い出されている感じだ。

「あう、すごい……」

光司は魂《たましい》まで吸い取られる心地で呻き、身を反らせてヒクヒク震えながら、最後の一滴まで出し尽くしてしまった。

満足しながらグッタリと身を投げ出すと、ひとみも強烈な摩擦を止め、亀頭を含んだままゴクリとザーメンを飲み込んでくれた。

嚥下《えんげ》とともに、キュッと締まる口腔に駄目押しの快感を得た幹が、彼女の口の中でピクンと震えた。

余韻に浸りながら、彼がそっと机の下を見ると、まだDVDカメラが録画中のランプを点滅させていた。きっと、今日のひとみとの行為が、余すところなく記録されたことだろう。

ようやく口を離すと、撮られていることも知らず、ひとみは指で幹をニギニギしながら、尿道口に脹らむ余りの雫まで、ペロペロと丁寧に舐め回し、綺麗にしてくれたのだった。

「あうう、もういいです、有難う……」

光司はクネクネと腰をよじって呻き、過敏に幹を震わせながら降参した。

ひとみは舌を引っ込め、チロリと淫らに舌なめずりしながら添い寝してくれたので彼も余韻が治まるまで腕枕してもらった。

「すごい勢いで出たわ。二度目なのに、やはり若いのね」

ひとみがシナモン臭の吐息で囁き、彼の髪を撫でてくれた。

光司も呼吸を整えながら、鼻先にある乳首を含み、また新たに滲んできた母乳でうっとりと喉を潤したのだった。

4

(おお、ちゃんと撮れてる……)

ひとみが帰ったあと、光司はシャワーのあとでDVDカメラを確認してみた。

ロングの構図だが、二人の表情も、挿入やフェラの様子まで全て克明に録画され、彼の全身に快感が甦ってきた。

しかし明日以降もまた良いことがあるかも知れないので、オナニー衝動は抑え、夕食のあと彼は執筆に専念したのだった。

そして週明けの月曜日、大学で講義を終えた光司は昼過ぎに団地へ戻ると、香織からスマホに電話が入った。

彼女も早めに帰宅していたらしく、二階の物音で光司が戻ったことを知って連絡してきたのだろう。

「今から来る？」

「いいですか？」

「じゃ、高校時代の制服持ってきてね」

興奮と期待を高めながら言うと、香織も羞《は》じらいながら承諾してくれた。

光司は急いでＤＶＤカメラをセットして録画スイッチを入れ、手早く歯磨きだけ済ませて待機した。

すると、香織も十分足らずでチャイムを鳴らしてきた。

彼は、紙袋を持っている香織を招き入れ、すぐ寝室に招いた。

「ママはお料理教室の食事会だから、今夜は遅いんです」

「そう、じゃゆっくりするといいよ」

光司は答え、香織が持ってきた紙袋からセーラー服を取り出した。

白い長袖《ながそで》で、濃紺の襟《えり》と袖には三本の白線、スカートも濃紺で、左胸にエンブレムがあり、スカーフは白。

確かに、香織が高校時代に着ていたものである。

だから単なるコスプレではなく、スカートの尻部分はすり切れ、三年間の彼女の温もりが沁み付いているようだ。

「じゃ、まず全部脱いでからこれを着てね」

「着られるかな。恥ずかしいわ……」

言うと、香織はモジモジしながらも服を脱ぎはじめてくれた。

興奮に目が輝いているので、彼女もまたセックスを覚えたてで、いくらでもやりたい時期なのだろう。

光司は手早く全裸になり、先にベッドに横になって香織を眺めた。

彼女もためらいなく一糸まとわぬ姿になり、まず全裸の上からスカートを穿き、難なく脇ホックを留めると、セーラー服を着てスカーフを締めた。

顔立ちも髪型も変わっていないので、目の前に女子高生の香織が出現した。正に、家庭教師をしていた頃の彼女である。

「わあ、可愛い。あの頃のままだよ。じゃこっち来て」

横になったまま言うと、香織も笑窪の浮かぶ頬を染めてベッドに上がってきた。

「じゃ、ここに座ってね」

光司は仰向けになって言い、下腹を指した。

「え、ここに座るんですか……」

香織は尻込みして言ったが、彼が手を引くとノロノロと跨がり、しゃがみ込んでくれた。ノーパンだから、下腹に割れ目が直に密着し、温もりと微かな潤いが伝わってきた。

「もっと体重を掛けて、両足を伸ばして顔に乗せてね」

光司は言い、両膝を立てて彼女を寄りかからせながら、両足首を摑んで顔に引き寄せた。

「あん……」

香織が脚を伸ばして声を洩らし、バランスを取ろうと腰をくねらせるたび、密着した割れ目が下腹に擦られた。

やがて両足の裏を顔に受け止めると、光司は美少女の全体重を受け止めて陶然となった。激しく勃起したペニスが上下するたび、彼女の腰をノックした。

全裸と違い、セーラー服となると、隠し撮り画像も華やかなものとなるだろう。

光司は顔に乗せられた足裏を舐め、縮こまった両の爪先にも鼻を埋め込み、汗と脂に湿って蒸れた匂いを貪った。

今日もムレムレの匂いが濃く沁み付き、光司は思春期の足の匂いに興奮を高めた。

爪先にしゃぶり付き、桜貝のような爪を舐め、全ての指の股に順々に舌を割り込ませて味わうと、

「アアッ……！」

香織が喘ぎ、くすぐったそうに腰をよじらせた。密着する割れ目の潤いが増してくるのが伝わり、彼は両足とも味わい尽くした。

「じゃ、前に来て顔に跨がって」

光司は言い、彼女の両足を顔の左右に置いて手を引くと、

「ああ、恥ずかしい、こんなこと……」

香織は言いながらも前進し、とうとう和式トイレスタイルで彼の顔にしゃがみ込んでしまった。

脚がM字になると、さらに内腿や脹ら脛がムッチリと張りつめて量感を増し、ぷっくりした割れ目が鼻先に迫った。

正に、女子高生のトイレ姿を真下から覗いているようである。

はみ出した花びらはしっとりと露を宿し、熱気と湿り気が顔中を包み込んだ。

光司は彼女の腰を支えながら引き寄せ、若草の丘に鼻を埋め込んで嗅いだ。

今日も、恥毛の隅々には蒸れた汗とオシッコの匂いが籠もり、淡いチーズ臭も混じ

って鼻腔を刺激してきた。

彼は執拗に匂いを貪りながら舌を這わせ、陰唇の内側に潜り込ませていった。

快感を覚えはじめた膣口の襞をクチュクチュ掻き回し、小粒のクリトリスまでゆっくり舐め上げていくと、

「ああッ……！」

香織が熱く喘ぎ、思わずキュッと座り込みそうになるたび、彼の顔の左右で懸命に両足を踏ん張った。

光司はチロチロと舌先で弾くようにクリトリスを刺激し、格段に量を増して溢れる蜜を貪った。そして尻の真下に潜り込み、顔中に弾力ある双丘を受け止めながら、谷間の蕾《つぼみ》に鼻を埋めて嗅いだ。

蒸れた匂いに微かなビネガー臭が感じられるので、シャワー付きトイレを使っていても歩行中に気体が漏れれば、多少の匂いはするのだろうと思った。

彼は美少女の恥ずかしい匂いを嗅ぎまくり、舌を這わせて襞を濡らし、ヌルッと潜り込ませて滑らかな粘膜を味わった。

「あう……」

香織が呻き、ビクリと紅潮しながら肛門でキュッと舌先を締め付けた。

やがて充分に内部で舌を蠢かせてから、彼は再び舌を割れ目に戻し、膣口を舐め回した。

「ね、オシッコして」

「ダメです、こんなところで……」

「決してこぼさないから、ほんの少しだけでも」

光司は執拗に言い、割れ目に吸い付いた。彼女の清らかなものなら一滴余さず飲み込めるし、それにバスルームは撮れないから、せめてベッドの上で少量でも良いので放尿を記録したかったのだ。

舐めているうち、香織も感じながら徐々に尿意を高めはじめたようだ。きっと、光司が言い出したらするまで終わらないと悟ったのかもしれない。

やがて割れ目内部の柔肉が蠢き、

「あう……」

香織が呻いた途端にチョロッと熱い流れがほとばしってきた。

光司も、口に注がれるものを夢中で飲み込んだ。

味や匂いを確認する余裕もなく、仰向けなので噎《む》せないよう気をつけたが、勢いは弱く、ほんの少しチョロチョロと出ただけで、すぐに流れは治まり、難なくこぼさずに飲み干せたようだった。

「ああ……」

香織は息を震わせ、余りの雫に大量の蜜を混じらせて垂らした。

光司は、あらためて匂いと味を堪能し、ヌメリを舐め回したが、もう割れ目内部の大部分は愛液の淡い酸味であった。

「も、もうダメです……」

感じすぎ、しゃがみ込んでいられなくなったように香織が言う。

「じゃ、僕の脚の間に入って」

口を離して言うと、香織はフラつきながら移動し、大股開きの彼の股間に腹這いになってきた。

せがむように幹を上下させると、香織も顔を寄せて幹を指で支え、粘液の滲む尿道口をチロチロと舐め回してくれた。

そして張り詰めた亀頭をしゃぶり、スッポリと喉の奥まで呑み込み、吸い付きながら舌をからめてくれたのだ。

「ああ、気持ちいい……」

光司は快感に喘ぎ、美少女の口の中で幹を震わせた。

香織も笑窪が浮かぶ頰をすぼめて吸い付き、念入りに舌を蠢かせ、熱い息を股間に籠もらせた。

やがてズンズンと股間を突き上げると、

「ンン……」

香織も小さく呻き、顔を上下させスポスポと摩擦してくれた。

人妻たちより、美少女にしゃぶられるのが一番禁断の思いが強く湧き、たちまち彼は絶頂を迫らせていった。

「いいよ、じゃ跨がって上から入れてね」

言うと、香織もチュパッと軽やかな音を立てて口を離し、顔を上げると前進してきた。裾をまくり上げて跨がり、先端に割れ目を押し当て、息を詰めてゆっくり腰を沈み込ませた。

張り詰めた亀頭が膣口を押し広げて潜り込むと、あとはヌメリと重みで、ヌルヌルッと滑らかに根元まで嵌まり込んだ。

「アア……！」

香織が顔を仰け反らせて喘ぎ、股間を密着させてキュッときつく締め上げてきた。

光司も温もりと感触を嚙み締めながら、セーラー服の裾をめくり、オッパイをはみ出させながら抱き寄せた。

彼女が身を重ねてくると、光司は潜り込むようにして桜色の乳首にチュッと吸い付き、舌で転がしながら制服の内に籠もる温もりを嗅いだ。

左右の乳首を交互に含んで舐め回し、張りのある膨らみを顔中で味わうと、

「ああ……、いい気持ち……」

香織が喘ぎ、収縮させながら新たな愛液を漏らしてきた。

両の乳首を味わうと、さらに彼は乱れた制服の中に潜り込み、香織の腋の下に鼻を埋め込んで嗅いだ。

今日も生ぬるく甘ったるい汗の匂いが濃く籠もり、彼は酔いしれながら腋に舌を這わせた。

香織がくすぐったそうに身をよじるたび、ペニスがきつく締め上げられた。

やがて光司は彼女の顔を引き寄せ、ピッタリと唇を重ねてグミ感覚の弾力と唾液の湿り気を味わった。

舌を挿し入れ、滑らかな歯並びを舐めると、香織も舌を触れ合わせ、チロチロと絡み付けてくれた。

生温かな唾液に濡れ、滑らかに蠢く美少女の舌が何とも美味しく、このまま嚙み切

って飲み込みたい衝動にさえ駆られた。

そして両手を回しながら、ズンズンと股間を突き上げはじめると、

「ンンッ……！」

香織が熱く鼻を鳴らし、息で彼の鼻腔を心地よく湿らせた。

もう痛みは微塵もなく、男と一つになった悦《よろこ》びに包まれているようだ。

徐々に突き上げを強めていくと、香織も口を離して熱く喘いだ。

5

「アア……、すごいわ……」

香織が口走り、大量の蜜を漏らしてきた。

「痛くない？」

「ええ、すごく気持ちいい……」

訊くと彼女が答え、光司も自分が育てた少女の感触を心から味わった。

開いた口から吐き出される息は、今日も桃の実を食べたばかりのように甘酸っぱい濃厚な果実臭だった。

光司はうっとりと鼻腔を刺激され、肉襞の摩擦に高まっていった。

「下の歯を、僕の鼻の下に引っかけて」

せがむと、興奮で朦朧《もうろう》としながら香織も口を開き、下の歯並びを彼の鼻の下に当ててくれた。

これだと美少女の口の中を心ゆくまで嗅ぐことが出来た。

彼の目の前に香織の鼻の穴が迫って丸見えだが、言うと恥ずかしがって嫌がるだろうから黙り、光司は近々と美少女の鼻の穴を覗き込み、甘酸っぱく悩ましい吐息で胸を満たした。

「ああ、なんていい匂い……」

嗅ぎながら思わず言うと、香織は羞じらい、かえって熱い息を吐き出してきた。

下の歯並びの内側には、微かなプラーク臭の刺激も混じり、光司は嗅ぐたびに胸いっぱいに美少女の匂いが満ち、肉襞の摩擦の中でたちまち激しい快感に貫かれて昇り詰めてしまった。

「い、いく、気持ちいい……！」

光司は口走り、熱い大量のザーメンを勢いよくほとばしらせた。

「あ、熱いわ……、すごい……、アアーッ……！」

噴出を感じると香織が喘ぎ、ガクガクと狂おしい痙攣を開始した。

どうやらオルガスムスに達し、すっかり絶頂も一致するようになっていた。

やはり、あの濡れやすく感じやすい由紀子の娘だから、格段の成長を遂げているようだった。

光司は溶けてしまいそうな快感を味わい、心置きなく最後の一滴まで出し尽くしていった。

「ああ……、良かった、すごく……」

満足しながら突き上げを止めると、いつしか香織もグッタリと力を抜いて彼にもたれかかっていた。

それでもまだ膣内はヒクヒクと息づき、刺激された幹が過敏に震えた。

光司は美少女の温もりと重みを受け止め、可愛らしい息の匂いを嗅ぎながら、うっとりと余韻を味わった。

「私も、すごく気持ち良かった……」

香織も息を震わせながら言い、彼は大きな悦びに包まれた。

重なっているだけで、収縮が続いているため彼自身も無反応期を過ぎ、ムクムクと回復しはじめた。

何しろ、こんな可憐なセーラー服の美少女と一緒なのだから、一回の射精で終わらせるのはあまりに勿体ない。しかも自分は全裸で彼女が着衣、肝心な部分だけ繋がっている状況に興奮が去らなかった。

「あう、また中で大きく……」

やがて呼吸は落ち着いたが、回復した幹がヒクヒク震えると香織が呻いた。

「抜いていいですか」

「うん、いいよ」

やはり果てたあとで刺激が強いのか、香織が言うので彼も応じた。

彼女はそろそろと身を起こし、ティッシュを手にしながら股間を引き離し、割れ目を拭ってから濡れたペニスを拭き清めてくれた。こうした仕草も、すっかり大人の女性のようになっている。

「こんなに勃《た》っちゃったら、もう一回出したいんですよね？」

香織が、屹立したペニスを見ながら言う。

「うん、でもいったあとまた入れて動くのが辛ければ、急いで洗うのでお口でしてくれる？」

「別に洗わなくても構わないです」

光司が幹をヒクつかせて言うと、香織が嬉しいことを言ってくれた。

「わあ、じゃ高まるまで指でして」

彼は嬉々として言い、香織を抱き寄せて腕枕してもらった。そして指で愛撫してもらいながら、再び舌をからめた。

もちろん机の下にある隠しカメラから、良く撮れる構図を選んでいた。

「唾をいっぱい出してね」

唇を触れ合わせながら囁くと、香織も幹をニギニギしながら、懸命に唾液を分泌させ、トロトロと生温かなシロップを口移しに注いでくれた。

味わうと、プチプチと弾ける小泡の一つ一つに、かぐわしい果実臭が含まれているようだった。

喉を潤すと、光司は香織の口に鼻を押し込み、

「しゃぶって……」

言うと彼女も甘酸っぱい息を弾ませながら、チロチロと彼の鼻の穴に舌を這わせてくれた。

うっとりと嗅いで胸を満たしていると、たまに指の愛撫が止まるので、せがむように幹を震わせると、また動かしてくれた。

「いい匂い、ずっと嗅いでいたい……」

吐息に酔いしれながら言うと、香織は恥ずかしげに息を震わせた。

そして指の愛撫と、唾液と吐息の匂いにすっかり高まると、彼は急激に絶頂が迫ってきた。

「い、いきそう……、お口でして……」

息を詰めて言うと、香織もすぐに身を起こして移動すると、彼の股間に顔を寄せてきた。

拭いたとはいえ、まだ先端は愛液とザーメンに濡れ、それでも香織は厭わずクチュクチュと尿道口を舐め回し、張りつめた亀頭を含んでくれた。そしてスッポリと深く呑み込むと、幹を締め付けて舌を蠢かせ、頬をすぼめてチュッと吸い付いてきた。

「ああ、気持ちいい……」

光司はすっかり快感に高まり、ズンズンと小刻みに股間を突き上げはじめた。

香織も顔を上下させ、可憐な口でスポスポとリズミカルな摩擦を繰り返してくれたのだった。

たちまち光司は、激しい絶頂の快感に全身を貫かれた。

「い、いく……！」

口走りながら、ありったけの熱いザーメンをドクンドクンと勢いよくほとばしらせると、

「ク……、ンン……」

喉の奥を直撃された香織が小さく呻き、それでも股間に熱い息を籠もらせながら、全て出しきるまで摩擦を続行してくれた。

光司も快感を噛み締め、美少女の神聖な口の中に遠慮なく一滴余さず出し尽くしてしまった。

「ああ、気持ち良かった。有難う……」

彼は、満足しながらグッタリと身を投げ出して言った。香織も動きを止め、含んだまま口に溜まったザーメンをコクンと飲み込んでくれた。

口腔がキュッと締まると駄目押しの快感が得られ、ようやく彼女もチュパッと口を離した。

そして尿道口から滲む余りの雫をチロチロと丁寧に舐め取り、すっかり綺麗にしてくれたのだった。

「く……、も、もういいよ……」

過敏に幹を震わせながら言うと、香織も舌を引っ込めて身を起こした。

「じゃ、私そろそろ帰りますね」

彼女が言ってベッドを降りると、てきぱきとセーラー服とスカートを脱ぎ、自分の服を着た。光司は余韻の中でそれを見ていると、香織は身繕いを済ませ、制服を紙袋に入れて玄関に向かった。

光司も起きて見送り、彼女が帰っていくとドアを閉め、ＤＶＤカメラのスイッチを切って録画を確認した。

（ああ、良く撮れてる……）

光司は思い、可憐なセーラー服の美少女との行為を見て、すぐスイッチを切った。見ているとオナニー衝動に駆られてしまいそうである。

そこでシャワーを浴び、夕食の仕度をした。外は、すっかり日が落ちて夕闇が迫りはじめている。

冷凍物の夕食を済ませると、光司は官能小説の続きを書き、寝る前にＤＶＤカメラに録画したものを、テレビに接続したハードディスクに移し替えておいた。

これなら大画面で見ることが出来るが、また明日何か良いことがあるかも知れないのでオナニーは控えた。

隠し撮り動画を見てオナニーするのも楽しみだが、女性運が持続してるうちは勿体ない気がした。

そして、その夜にオナニーしなかったことが大正解だと思えるほど、良いことが翌日に起こったのである……。


――夕方、大学からの帰り道、メール着信が入ったので光司が見ると、何とメガネ美女の圭子からであった。

夕食を一緒にどうかということだったので、すぐにも彼は応じ、まずいったん帰宅して荷物を置き、トイレとシャワーと歯磨きを済ませると、いそいそと約束の五時前に外に出てB棟に向かった。

食後に、今夜も目眩《めくるめ》く体験が出来るだろうと、光司は早くも股間が熱く疼《うず》いてきてしまった。

チャイムを鳴らすと、すぐ圭子が出迎えてくれた。

上がり込むと食卓には鍋の仕度がしてあり、何とそこに、若妻のひとみも来ているではないか。

「三人で夕食にしましょう」

ひとみが言い、圭子もビールの栓を抜いてグラスに注いでくれた。

どうやらひとみは、赤ん坊を両親に任せて出てきたようだ。

寄せ鍋が湯気を立て、野菜や椎茸、海老や肉などが煮られて食欲をそそる匂いを立てていた。

乾杯しながら、三人となると夕食を囲んで際どいお喋りに終始するだけかもしれないだろうと思った。光司は少しだけ失望しながらもビールで喉を潤し、鍋をつついて腹を満たしはじめた。

「以前の理事仲間で、高橋亜津子《たかはしあつこ》という人がいるの。今は団地を出て町内に家を新築した勝ち組だけど、その亜津子さんが、どうしても光司クンとエッチしたいって言うけど、どうかしら」

圭子が言い、スマホで写メを見せてきた。

「うわ、綺麗な人ですね。僕は全く構いません」

光司は熟れた美女の顔を見て、そう即答したが、どうやら圭子は、彼とのセックスを亜津子にも言ったのだろうと、また不安になった。

「そうでしょう、三十五歳の子持ちだけど秘密は守れる人よ」

圭子が言い、ひとみも頷いている。秘密と言っても、どんどん主婦の輪が広がっていきそうである。

とにかく彼は期待しながら、あらかた食事を終えると、

「さあ、じゃ今夜は三人で楽しみましょうね」

「え……？」

ひとみがグラスを置いて言い、驚いている光司をよそに、圭子も手早く後片付けをはじめたのだった。

第五章　二人に挟まれて昇天

1

（さ、三人で……？）

光司は戸惑いながらも、興奮と期待に胸を弾ませた。

「さあ、早くこっちへ」

圭子に言われ、恐る恐る彼が寝室に行くと、すでにひとみが手早く服を脱ぎはじめていた。

どうやら冗談ではなく、本当に３Ｐをするようで、圭子も脱ぎはじめたのだ。

二人とも申し合わせていたようで、何の抵抗もないようだ。何でも話す仲良しとは聞いていたが、こんなことまで一緒にする仲だったらしい。

光司も、やや緊張しながら服を脱ぎ、全裸になっていった。

「撮ってもいいかしら」

圭子が言い、ＤＶＤカメラを出して椅子に乗せ、ベッドに向けて録画スイッチを押した。

「もちろん何度か見たら消去するし、光司クンにもＤＶＤに焼いてあげるから、寂しいときは見ながら抜いてね。誰にも内緒で」

「え、ええ……」

録画できるなら願ってもないが、あまりに大胆な二人の様子に圧倒され、彼はタジタジとなりそうだった。

それでもピンピンに勃起しながらベッドに仰向けになると、

「わあ、すごく勃《た》ってるわ。嬉しい」

一糸まとわぬ姿になった圭子が言い、やはり全裸になったひとみとベッドに上ってきた。寝室内には、たちまち人妻二人分の混じり合った生ぬるい匂いが悩ましく立ち籠めた。

しかも二人の全裸が眩《まぶ》しく、彼はペニス以外は萎縮したように身を硬くしていた。

二人はベッドに上り、彼を挟み付けるように身を置いた。

「じっとしててね。最初は二人で好きなようにしたいので」

圭子が、メガネだけは掛けたまま言った。

そして二人は屈み込むと、同時に彼の左右の乳首にチュッと吸い付いてきたのだ。

「あう……」

ダブルの刺激に、思わず光司は声を洩らしてビクリと反応した。

二人は熱い息で肌をくすぐりながら、チロチロと両の乳首に舌を這わせ、彼はゾクゾクと胸を震わせて悶えた。

「か、噛んで……」

思わず言うと、二人も綺麗な歯並びでキュッキュッと咀嚼するように左右の乳首を噛んでくれた。

「あう、気持ちいい、もっと強く……」

せがむと、二人もやや力を込めて歯を立て、充分に両の乳首を愛撫すると、脇腹や下腹に移動し、そこも舌と歯で愛撫してくれた。

「アア……」

二人がかりの非対称な刺激に、彼は少しもじっとしていられずクネクネと身をよじりながら、先端から粘液を滲ませた。

乳首も脇腹も腰も、実に感じる部分だと新鮮な感覚を覚えた。

しかも息と舌の愛撫に加え、キュッと噛まれるたびに甘美な悦びが満ち、何やら二人の妖しい美女たちに全身を食べられている心地になった。

しかし二人はペニスを後回しにし、脚を舐め降りていったのだ。

何やらいつもの彼の愛撫パターンのようで、とうとう二人は足裏を舐め、両の爪先にしゃぶり付いてきたのである。

「あう、そんなこと……」

指の股に舌がヌルッと潜り込むと、光司は何だか申し訳ない気持ちになって呻いたが、二人は彼を感じさせるというより、自分たちの意思で若い男を賞味しているようだった。

両足とも、全ての指の間に滑らかな舌が割り込むと、何やら生温かなヌカルミでも踏んでいるようだ。

ようやく二人は口を離すと、彼を大股開きにさせて脚の内側を舐め上げてきた。

両の内腿にもキュッと歯が食い込むと、

「あう、感じる……」

光司はビクッと反応して呻き、痛み混じりの刺激に身悶えた。

そして二人が頰を寄せ合い、股間に迫ってくると、圭子が彼の両脚を浮かせ、尻の谷間を舐めると、ひとみは尻の丸みに歯を食い込ませてきた。

「く……、き、気持ちいい……」

圭子の舌がヌルッと潜り込んでくると、光司は肛門で舌先をキュッと締め付けながら呻いた。

圭子が中で舌を蠢かせ、やがて引き離すと、すかさずひとみが舐め回し、同じように潜り込ませてきた。

「アア……、すごい……」

光司は朦朧としながら、ひとみの舌先も肛門でモグモグと味わった。

立て続けに侵入されると、それぞれの舌の温もりや感触、蠢き方の感触が微妙に異なり、いかにも二人でされているという実感が湧いた。

二人は舌で光司の肛門を充分に犯すと、脚を下ろして同時に陰嚢にしゃぶり付いてきた。

それぞれの睾丸が舌で転がされ、熱く混じり合った息が股間に籠もった。

二人は、女同士で舌が触れ合っても気にしていないようで、あるいはレズごっこの体験ぐらいあるのではないかと思えた。大胆で快楽に貪欲な二人なら、それぐらいしているかもしれず、それが二人の絆《きずな》であり、だからこそ二人で一緒に男を味わおうということになったのだろう。

混じり合った唾液で袋がヌルヌルになると、いよいよ二人は肉棒の裏側と側面を、同時にゆっくり舐め上げてきた。

滑らかな舌先が先端まで来ると、二人は交互に、粘液の滲む尿道口をチロチロと舐め合った。

そして張りつめた亀頭も一緒にしゃぶり、先に姉貴分の圭子がスッポリと呑み込んでいった。

根元まで深々と頬張ると、圭子は中でクチュクチュと舌をからめ、顔を上下させてスポスポと濡れた口で摩擦した。

「ああ、気持ちいい……」

光司が喘ぐと、圭子はチューッと吸い付きながらスポンと口を離し、すかさずひとみが、唾液に濡れているのも構わず呑み込んでいった。

これも、それぞれの口腔の温もりや感触が違い、そのどちらにも彼は高まった。

ひとみも摩擦運動を開始すると、圭子が椅子に置かれたＤＶＤカメラを手にし、頬張っている様子をアップで撮った。

「い、いきそう……」

急激に高まった光司が降参するように言うと、ひとみがスポンと口を引き離した。

「どうする？　私たちのお口に出す？」

「い、入れたい、二人に順々に……」

ひとみが訊くと、彼は息を弾ませて答えた。

「そう、いい子ね。でも入れる前に、私たちを舐めて」

圭子が言い、二人は身を起こした。

「あ、先に足の裏を顔に……」

「いいわ、こう？」

光司がせがむと圭子が答え、二人は一緒に立ち上がって彼の顔の左右にスックと立った。そして美人妻たちはフラつく身体を支え合いながら、脚を浮かせて彼の顔に乗せてきたのだ。

「アア……」

光司は、二人分の足の裏を顔中に受け止めて喘ぎ、それぞれの踵から土踏まずを舐め回した。二人の指の間に鼻を押し付けて嗅ぐと、どちらも汗と脂にジットリ湿り、蒸れた匂いが濃く沁み付いて鼻腔が刺激された。

充分に嗅いでから順々に爪先をしゃぶり、見上げると二人分の全裸が迫力満点で聳《そび》え立っていた。

スベスベの圭子の脚と、まばらな脛毛のあるひとみの脚の遥か上、それぞれの割れ目が見えているがどちらも熱い愛液にヌラヌラと潤っている。

さらに二人分の乳房が息づき、その上から二人が彼を見下ろしていた。

何やら女神様たちに踏まれる邪鬼になった思いで、彼は二人分の爪先をしゃぶり尽くした。

すると二人も足を交代させ、彼は新鮮な味と匂いを貪ることが出来た。

「跨いでいい？」

足を離した圭子が言うと、ひとみがベッドを降り、またＤＶＤカメラを構えてアップで撮ってくれた。

跨がった圭子が和式トイレスタイルでしゃがみ込んでくると、Ｍ字になった脚がムッチリと張りつめ、濡れた割れ目が鼻先に迫ってきた。

陰唇が開いて光沢あるクリトリスが見えたが、よく観察する前に圭子がギュッと座り込んで、彼の鼻と口が割れ目に塞がれた。

柔らかな恥毛の隅々には、やはり蒸れた汗とオシッコの匂いが濃く沁み付き、悩ましく鼻腔が掻き回された。

光司は胸を満たして嗅ぎながら、必死に舌を挿し入れて淡い酸味を掻き回し、息づく膣口からクリトリスまで舐め上げていった。

そんな様子を、ひとみがアップで撮り続け、圭子の息が熱く弾みはじめていった。

2
「アア、いい気持ち……」

圭子がトロトロと愛液を漏らして喘ぎ、光司も懸命に舌を這わせた。

さらに彼は自分から圭子の尻の真下に潜り込み、蕾に鼻を埋め込むと、顔中に弾力ある双丘が密着してきた。

蕾に籠もる蒸れた匂いを貪ってから舌を這わせ、ヌルッと潜り込ませると、

「あう、もっと奥まで……」

圭子が呻き、モグモグと肛門を締め付けて舌を吸い込んだ。彼も甘苦く滑らかな粘膜を舐め回し、充分に蠢かせてから再び割れ目に戻り、大洪水になっている愛液をすすった。

すると撮っていたひとみがカメラを椅子に置くと、仕方なくといった感じで圭子が腰を上げ、彼の顔から離れた。

ひとみが跨がり、すぐにもしゃがみ込んできた。

光司も恥毛に鼻を埋め、似たような蒸れた女臭で鼻腔を満たしながら、舌を這わせてヌメリをすすった。そして大きく突き立ったクリトリスを舐め回し、軽くコリコリと前歯で刺激すると、

「あう、もっと……」

ひとみが腰をくねらせて言い、光司も必死に舌と歯で愛撫した。

そんな様子を、今度は圭子がアップで撮っていた。

味と匂いを堪能すると、彼はひとみの尻の真下にも潜り込み、レモンの先のように突き出た色っぽい肛門を舐め回し、舌を潜り込ませて滑らかな粘膜を味わった。

「アア、いいわ……」

ひとみが喘ぎ、きつく舌先を締め付けてきた。

やがて二人の前と後ろを存分に味わうと、圭子がカメラを置いてベッドに上ってくると、ひとみも彼の顔から股間を引き離した。

「じゃ入れるわね」

圭子がそう言って、仰向けの彼の股間に跨がってくると、ひとみは添い寝してきた。先端に濡れた割れ目を押し当て、張りつめた亀頭を膣口に受け入れると、あとはヌルヌルッと滑らかに根元まで呑み込んでいった。

「アアッ……、いい気持ち……」

圭子が股間を密着させると熱く喘ぎ、すぐにも身を重ねてきた。

光司も両手で下からしがみつき、両膝を立てて尻を支えた。

すると圭子はまだ動かず、光司の顔に胸を突き出し、鼻先に乳首を押し付けてきたのだ。

彼もチュッと含んで舌で転がし、顔中に押し付けられる膨らみを味わった。

添い寝していたひとみも、割り込むように乳首を押し付けてきたのだ。

今日もひとみは母乳を滲ませていたが、もう出る時期も終わりに近いのか、前回ほどには分泌されなかった。

それでも薄甘い母乳と甘ったるい匂いは彼を高まらせた。

光司は二人分の乳首を交互に吸い、混じり合った生ぬるい体臭に噎せ返った。

彼女たちも、もう片方の乳首を押し付けるので、光司は全ての乳首を均等に味わってから、先に圭子の腋の下に鼻を埋め込み、甘ったるい濃厚な汗の匂いでうっとりと胸を満たした。

ひとみの腋にも鼻を埋め、色っぽい腋毛に籠もる濃い体臭で鼻腔を刺激されると、もう我慢できずズンズンと股間を突き上げはじめてしまった。

「ああ、いいわ……」

圭子も合わせて腰を遣い、彼は高まりながら、下から唇を重ねていった。

すると、ひとみが再び割り込み、何と三人で舌をからめることになった。

三人が鼻先を突き合わせているので、彼の顔中も鼻腔も二人の混じり合った熱い息に湿った。

それぞれの舌が滑らかに蠢き、光司は贅沢な快感を味わいながら、ミックスされて注がれる唾液で喉を潤した。

互いに股間をぶつけ合うように動くうち、大量の愛液が陰嚢の両脇を伝い流れ、彼の肛門まで生ぬるく濡らし、クチュクチュと湿った摩擦音が響いた。

「アア、いきそうよ……」

圭子が唾液の糸を引いて口を離し、熱く喘ぐとひとみも舌を引っ込めた。

光司は二人の顔を引き寄せながら、熱く湿り気ある吐息を嗅いだ。

圭子の花粉臭にひとみのシナモン臭、それに淡く寄せ鍋の匂いも混じり、悩ましく鼻腔が掻き回された。

「ね、顔にペッて唾をかけて……」

興奮を高めながら言うと、二人も口に唾液を溜めて迫った。

そして息を吸い込んで止め、二人はペッと勢いよく吐きかけてくれたのだ。

これが由紀子や香織だったら、ためらってなかなかしてくれないだろうが、この二人なら何を要求してもすぐ応じてくれそうだった。

「ああ、気持ちいい、もっと強く……」

光司が股間を突き上げながらせがむと、二人はさらに強く吐きかけてくれた。

かぐわしい吐息とともに生温かな唾液の固まりが二人分、ピチャッと頬や瞼を濡らし、頬の丸みをトロリと伝い流れた。

二人分の吐息に唾液の匂いも混じり、もう我慢できず光司は激しく昇り詰めてしまった。

「い、いく……！」

彼は激しすぎる快感に口走ると同時に、熱い大量のザーメンをドクンドクンと勢いよくほとばしらせた。

「いいわ、いく……、アアーッ……！」

噴出を感じた途端、圭子もオルガスムスのスイッチが入って喘ぎ、ガクガクと狂おしい痙攣を開始した。

収縮が強まり、奥へ引き込まれるような蠢動《しゅんどう》の中、光司は心ゆくまで快感を嚙み締め、最後の一滴まで出し尽くしていった。

「ああ……」

すっかり満足しながら声を洩らし、突き上げを止めてグッタリと身を投げ出すと、

「すごかったわ、最高に良かった……」

圭子も満足げに吐息混じりに囁き、動きを止めて遠慮なく体重を預けてきた。

まだ名残惜しげに息づく膣内に刺激され、彼自身はヒクヒクと過敏に震え、光司は二人分の悩ましい吐息を間近に嗅ぎながら、うっとりと快感の余韻に浸り込んでいったのだった。

「じゃ、一回休憩して身体を流しましょう」

呼吸を整えると圭子が言い、身を起こして股間を引き離したので、ひとみは先にベッドを降り、いったんカメラを止めた。

そして三人でバスルームに移動し、狭い中、身を寄せ合って身体を流した。

もちろん彼自身は、すぐにもムクムクと回復していた。何しろ次にひとみが控えて

いるのだし、二人いると回復も倍の早さのようだった。

「ね、オシッコかけて……」

光司は興奮に胸を震わせて言い、床に腰を下ろした。

「いいわ。こうしたらいいかしら……」

圭子が立ち上がって言い、彼の右肩に跨がり、顔に股間を突き出してきた。ひとみも反対側の肩を跨ぎ、同じように割れ目を迫らせてくれた。

光司は、それぞれの脚を抱え込み、左右から迫る割れ目に代わる代わる顔を埋めて舌を這わせた。

匂いは薄れてしまったが、まだまだ欲望は満々のようで、どちらも新たな愛液を充分すぎるほどヌラヌラと漏らしていた。

交互に舐めていると、先にひとみの柔肉が迫り出すように盛り上がった。

「あう、出るわ……」

ひとみが息を詰めて言うなり、チョロチョロと熱い流れがほとばしって彼の舌を濡らしてきた。

「ああ、いい気持ち……」

ひとみはうっとりと喘ぎ、勢いを付けて放尿すると、圭子も漏らしはじめたように温かな流れが肩を濡らしてきた。

光司はそれぞれの割れ目を交互に舐め、漏れるものをすすり、喉を潤した。

どちらも味と匂いは淡いが、二人分となると悩ましく鼻腔が刺激された。

温かな人肌のシャワーを浴び、回復したペニスを濡らされながら、彼は夢中で二人の割れ目を舐め回した。

やがて二人の流れが治まると、彼は代わる代わる割れ目に迫り、残り香の中でポタポタと滴る余りの雫をすすった。

「アア、早く入れたいわ……」

ひとみが言い、やがて彼が口を離すと、二人はもう一度シャワーを浴び、三人で身体を拭いてベッドへと戻ったのだった。

3

「漏らさないでね」

光司がベッドに仰向けになると、ひとみが言って屈み込み、屹立したペニスにしゃぶり付いてきた。

もちろん圭子も顔を寄せ、陰嚢を舐めたり内腿を嚙んだりしてくれた。

充分に唾液に濡れるとひとみが身を起こして前進し、彼の股間に跨がってきた。

圭子も添い寝し、横から肌をくっつけた。

ひとみが先端に割れ目を当て、ヌルヌルッと滑らかに根元まで膣口にはめ込むと、

「アアッ……、いい……」

顔を仰け反らせて喘ぎ、密着した股間をグリグリと擦り付けてきた。

光司も肉襞の摩擦と締め付けに包まれ、すっかり快感を高めたが、さっき射精したので暴発する心配はなさそうだ。

すぐにひとみが身を重ねてきたので、彼も両膝を立てて尻を支え、のしかかる彼女と、横から密着する圭子の両方を抱き寄せた。

すると二人も自分から舌を伸ばし、同時に彼の口を舐めてくれたのだ。

光司も舌をからめ、二人分の滑らかな舌を味わい、混じり合った唾液のヌメリに陶然となった。

「唾を出して、いっぱい……」

言うと、二人は白っぽく小泡の多い唾液を代わる代わるトロトロと彼の口に注いでくれた。光司はうっとりと味わい、二人分の唾液で喉を潤しながら、突き上げを強め

ていった。

「アア……、もっと突いて、奥まで……」

ひとみも腰を動かして喘ぎ、彼の胸に母乳の滲む乳首を擦り付けてきた。

光司も高まりながら、二人の口に顔中を擦りつけると、二人もすぐに舌を這わせてくれた。

舐めるというより吐き出した唾液を舌で塗り付ける感じで、たちまち彼の顔中はミックス唾液でヌルヌルにまみれ、悩ましい匂いが鼻腔を刺激した。

「い、いきそう……」

「待って、もう少し……」

光司が降参したように言うと、ひとみが収縮を強めて口走った。

唾液と吐息の匂いで絶頂が迫り、膣内の収縮も締め付けも、圭子と異なり、いよいよ限界が迫ってきた。

セーブしようとしても、あまりの快感に突き上げが止まらず、否応なく彼は激しく昇り詰めてしまった。

「あう、いく……！」

光司が言い、ありったけのザーメンがドクドクと勢いよくほとばしると、

「い、いい、感じる……、アアーッ……！」

噴出を感じたひとみも声を上げ、辛うじてオルガスムスが合わせられたようにガクガクと痙攣を開始した。

収縮が高まり、光司は溶けてしまいそうな快感を味わいながら、心置きなく最後の一滴まで出し尽くしていった。

「ああ……」

彼は声を洩らし、徐々に突き上げを弱めていくと、

「間に合って良かったわ。すごくいい……」

ひとみも言いながら、肌の強ばりを解いてもたれかかってきた。

やはり二人相手は極楽のように心地よいが、男としては二人を平等に果てさせなければならない。

彼は息づく膣内でヒクヒク幹を過敏に震わせ、二人分の熱くかぐわしい吐息を嗅ぎながら、うっとりと余韻を味わった。

やがて呼吸を整えると、ひとみが身を起こして股間を引き離し、手探りでティッシュを取り割れ目を拭いながら、圭子とは反対側に添い寝し、左右から光司を挟み付けてきた。

「よく二人ともいかせられたわね、偉いわ」

圭子が言い、彼の頭を撫でてくれた。

「ふ、二人は女同士でもしたことがあるの？」

気になっていたことを光司が訊くと、

「ほんの少しだけよ。女なら誰でもしているわ」

圭子が答え、彼はそうなのかなと思った。まず由紀子や香織などは、いかに好奇心があっても同性とは何もしていないだろう。

こうした、圭子やひとみのように快感を追求するタイプ同士が出逢えば、多少のことはあるのではないか。

とにかく二人に挟まれ、温もりを感じていると、みたび、彼自身がムクムクと勃起してきた。

「まあ、まだ出来るのね。頼もしいわ」

「でも私はもう充分。お口でしてあげるわね」

二人は言い、同時に身を起こして彼の股間に屈み込んだ。そして愛液とザーメンにまみれた亀頭に、二人はチロチロと舌を這わせてきたのだ。

二人は彼の横で顔をペニスに向け、四つん這いになっている。

光司は左右の割れ目をいじり、愛液の付いた人差し指を、それぞれの肛門にズブズブと潜り込ませ、親指は膣口に入れ、間の肉をキュッキュッと摘んだ。

まるで柔らかなボウリングの球を、両手で摑んでいるかのようだ。

「ンンッ……」

二人が尻をくねらせて呻き、熱く混じり合った息で陰囊をくすぐった。

交互にペニスがしゃぶられ、リズミカルな摩擦が繰り返されると、彼はまたもや急激に高まってきた。

そして二人の前後の穴から左右の指をヌルッと引き抜き、それぞれ肛門に入っていた人差し指を嗅ぐと、汚れはないが生々しいビネガー臭が感じられ、悩ましく鼻腔が刺激された。

「あう、いく……！」

ひとたまりもなく昇り詰めながら呻き、彼は快感とともに、まだ残っているかと思える量のザーメンを勢いよくほとばしらせた。

「ク……」

含んでいたひとみが喉の奥を直撃されると呻いて口を離し、すかさず圭子がパクッと亀頭をくわえ、余りのザーメンを吸い出してくれた。

「アア、気持ちいい……」

光司は腰をよじらせて喘ぎ、最後の一滴まで出し尽くしたのだった。

グッタリと力を抜くと、圭子も吸引を止めて含んだままゴクリと喉を鳴らし、ようやく口を離した。

そして二人で舌を伸ばし、同時にチロチロと尿道口を舐めてくれ、

「も、もういいです……」

光司は過敏に反応しながら、腰をよじって降参したのだった。

4

「高橋です。お邪魔していいですか」

翌日の午後、約束通りに亜津子が光司の部屋に来て言った。

昨夜、あれから光司は圭子から亜津子のメアドを聞き、今日の時間を約束していたのだった。

圭子は約束通り、3Pを撮ったDVDも彼に渡してくれた。

一晩、光司は3Pの目眩く体験に包まれていたが、もちろん一夜明けているので亜

津子を前にした彼の淫気は満々である。

三十五歳の亜津子は色白で、割りに豊満。由紀子ほどではないが胸も豊かで、実に興奮をそそる美熟女だった。

「初めまして、どうぞ」

光司も彼女を招き、すぐ寝室に入った。

何しろ初対面だから、まずは色々話しておきたかったし、相当に亜津子は緊張し、微かに震えているようだ。

もちろん彼は、シャワーと歯磨きと放尿は済ませ、すでに机の下のDVDカメラはベッドに向けて録画を開始していた。

圭子からの予備知識では、亜津子は二人の子持ちだが、明日から冬休みに入るので今日は終業式を終えてから、子供たちは真っ直ぐ夫の実家に泊まりに行ったとのことだった。

大学職員の夫は、やはり今は出張中らしい。

そして亜津子も、光司の顔は圭子から送られた写メで見ていたらしい。

「あの、圭子さんからお聞きかもしれないですが、私は主人の他は誰も知らないんです。学生結婚だったし、相手は大学助手で、一回りも年上でした」

亜津子がモジモジと言う。

それで今は夫もすっかり歳を取り、全く夫婦生活がなくなってしまったらしいが、亜津子の性欲の方は増すばかりのようだった。

「ためらいはあったのですが、圭子さんの推薦する男性なら安心だろうと、決心して来たんです」

「分かりました。嬉しいです」

「それで、シャワーを浴びて来るなという条件は守りましたが、私の方からも一つお願いがあります」

俯いていた亜津子が、チラと光司を見上げて言った。

「はい、何でしょう」

「私、自分からしてみたいことがあるのですが、大変な恥ずかしがり屋なので、最初のうちだけで良いので、光司さんは目隠ししてくれませんか」

亜津子が言い、バッグからアイマスクを取り出した。

「これ、新品なので」

「ええ、構いません。じゃ脱ぎましょうか」

光司は気軽に応じ、服を脱ぎはじめた。

恐らく彼女は、欲望満々になった表情を見られるのが恥ずかしいのだろう。

もちろん目隠しされていても、その間もしっかり録画されているし、あとで見れば良いのだから光司は一向に構わなかった。むしろ、視界が遮られることに新鮮な興奮すら覚えていた。

やがて彼は全裸になるとベッドに横になり、

「じゃ、まずはお好きにどうぞ」

言ってマスクを着け、目隠しをして仰向けになった。

やはり初めてする女性というのは、いやが上にも興奮が高まり、彼自身ははち切れそうにピンピンに屹立していた。

先日の3Pも目眩く体験だったが、あれは雰囲気が明るすぎ、やはり本来の秘め事は、こうして一対一が最高に淫靡《いんび》で良いのだと彼は思った。

すると亜津子も手早く脱ぎはじめたようで、しばらくは衣擦れの音が聞こえ、たまに緊張と興奮に息が弾む様子も感じられた。

しかし彼が目隠しをしているので、もうためらいなく全て脱ぎ去ったようで、震える呼吸を抑えながら亜津子がベッドに上ってきた。

そして無言で彼の頬に触れ、首筋から胸、腹まで触れながら、徐々に股間へと迫ってきた。

初めて夫以外の、しかも若い肌を慈《いつく》しむように撫で回していた。

「アア、こんなに勃って、嬉しい……」

亜津子が呟き、光司は見えなくても、彼女の熱い視線がペニスに注がれているのが分かった。

やがて彼女が光司を大股開きにさせ、腹這いになって顔を寄せる気配が伝わった。

いよいよ幹に指が触れ、張りつめた亀頭にも指が這い回った。

「何てツヤツヤした綺麗な色……」

亜津子が囁く。声に出して感想を洩らし、自ら興奮を高め、あるいは年上の夫に出来ないことや、今までの熱い願望を全て光司に向けているのだろう。

股間に熱い息がかかり、まず亜津子は舌を伸ばして、ヌラヌラと陰嚢を舐め回してくれた。

真っ先に陰嚢というのは、夫が教えたことなのだろうか。

目が見えないのであれこれ想像し、愛撫一つでも、人妻の場合は常に夫の趣味が見え隠れするようである。

二つの睾丸を充分に舌で転がし、熱い息を股間に籠もらせながら袋全体を唾液にまみれさせると、彼女はそのまま前進してきた。

肉棒の裏側を、賞味するようにゆっくり舐め上げ、先端まで来ると幹に指を添え、粘液の滲む尿道口をチロチロと舐め回した。

彼女が言う自分からしてみたいことというのは、積極的に男の股間を愛撫することで、しかも貪欲におしゃぶりする顔を見られたくなかったのだろう。

してみると日頃から、夫の前では上品で慎ましやかな妻の姿勢を崩していないようだった。

張りつめた亀頭をしゃぶると、亜津子はそのまま喉の奥までスッポリと呑み込み、舌をからめながら引き抜き、お行儀悪く音を立ててスポスポと摩擦して強烈なおしゃぶりを開始してくれた。

「アア、気持ちいい……」

光司が快感に喘ぎ、ヒクヒクと幹を震わせると、さらに亜津子は嬉しいようにジュポジュポとおしゃぶりを続けた。溢れる唾液が陰嚢を生温かく伝い流れ、肛門の方まで濡らしてきた。

「い、いきそう……」

すっかり高まった光司が口走ると、亜津子はすぐにスポンと口を引き離した。

「入れていいですか……」

「まだダメです。入れるのは、僕も舐めてからですので」

亜津子に答えながら、光司は身を起こしてマスクを外した。

「あう……」

彼女が呻き、身を縮めると両手で乳房を隠した。

「さあ、仰向けに。今度は亜津子さんが目隠ししてね」

光司は言って彼女を仰向けにさせ、マスクを着けさせ視界を覆った。

「アア……」

亜津子はマスクを外すこともなく、素直に仰向けになって喘いだ。

それでも両手で乳房を隠しているので、そこは股間よりも、子育てをした神聖な場所なのかもしれない。

色白で肉づきが良く、正に幸せな生活を送っている、お嬢様上がりの美人妻といったところだ。

光司は彼女の足首を摑んで持ち上げ、足裏に舌を這わせ、指の間に鼻を押し付けて嗅いだ。蒸れた匂いが沁み付き、充分に嗅いでから舌を割り込ませて指の股の汗と脂の湿り気を味わうと、

「アア……、何をしてるの……、ダメ、汚いから……」

亜津子が、目隠しされたまま声を震わせ、クネクネと悩ましく身悶えた。

光司は両足とも、全ての指の股を舐め回し、味と匂いが薄れるほど貪り尽くしてしまった。

そして大股開きにすると、スベスベの脚の内側を舐め上げ、ムッチリした内腿もたどって股間に迫っていった。

「アア……、は、恥ずかしい……」

亜津子が喘ぎ、懸命に脚を閉じようとしたが光司は抑えつけ、まずは彼女の両脚を浮かせ、白く豊満な尻の谷間に顔を寄せた。

谷間に閉じられたピンク色をした、おちょぼ口の蕾が恥じらうように息づき、鼻を埋め込むと蒸れた匂いが籠もっていた。

チロチロと舌を這わせて襞を濡らし、ヌルッと潜り込ませていくと、

「あう、ダメ……！」

亜津子が驚いたように呻き、浮かせた脚をガクガク震わせながら、キュッときつく肛門で舌先を締め付けてきた。

あるいは、ここを舐められるのは初めてのことなのかも知れない。

光司は内部で舌を蠢かせ、ようやく脚を下ろして割れ目に迫った。

指で陰唇を広げると、柔肉は驚くほど大量の愛液に潤い、膣口の襞が妖しく蠢いていた。

恥毛が程よい範囲に茂り、包皮の下からツンと突き立ったクリトリスは小豆《あずき》大で光沢を放ち、小さな亀頭の形をしている。

「アア……、見ないで……」

彼の息と視線を感じ、亜津子がヒクヒクと下腹を波打たせ、か細く喘いだ。

光司も堪らずに顔を埋め込み、柔らかな茂みに鼻を擦りつけて嗅いだ。

「いい匂い」

「あう……！」

思わず言うと、亜津子が呻いてキュッときつく内腿で彼の顔を挟み付けてきた。

汗とオシッコの蒸れた匂いが鼻腔に沁み込み、うっとりと胸を満たした。

舌を挿し入れていくと、やはり愛液は淡い酸味を含み、彼は膣口の襞をクチュクチュ掻き回し、ゆっくり柔肉をたどってクリトリスまで舐め上げていった。

「アアッ……！」

亜津子がビクッと顔を仰け反らせて喘ぎ、クネクネと激しく身悶えた。

光司は匂いに酔いしれながら執拗にクリトリスを舐め回し、濡れた膣口に指を押し込んで小刻みに内壁を擦った。

「い、いきそう……、お願い、入れて下さい……」

亜津子が嫌々をしながらせがみ、ようやく光司も味と匂いを堪能してから身を起こし、股間を進めていった。

先端を濡れた割れ目に擦り付け、ゆっくり挿入していくと、彼自身はヌルヌルッと滑らかに根元まで吸い込まれていった。

「アアッ……、か、感じる……！」

亜津子が身を反らせて喘ぎ、乳房から両手を離して伸ばし、彼を抱き寄せてきた。

光司も股間を密着させ、温もりと感触を味わいながら、脚を伸ばして身を重ねていった。

動かなくても、膣内は若いペニスを味わうようにキュッキュッときつく締まり、無意識に彼女は股間を突き上げはじめていた。

光司は屈み込み、チュッと乳首に吸い付いて舌で転がし、顔中で膨らみを味わいながら、もう片方の乳首も指で探った。

「あう、いい気持ち、もっと……！」

とうとう亜津子も素直にせがみはじめ、ズンズンと激しく腰を突き上げた。

彼は両の乳首を順々に含んで舐め回し、生ぬるく湿った腋の下にも鼻を埋め込み、濃厚に甘ったるい汗の匂いに噎せ返った。

充分に嗅いでから彼女の首筋を舐め上げ、喘ぐ口にピッタリと唇を重ねていった。

「ンンッ……」

亜津子が熱く呻き、彼が舌を挿し入れると貪るように吸い付き、クチュクチュとからみつけてきた。生温かな唾液に濡れて滑らかに蠢く舌を味わいながら、ようやく彼も腰を突き動かしはじめた。

「ああ、ダメ、すぐいきそう……」

亜津子が口を離し、唾液の糸を引きながら熱く喘いだ。

開いた口に鼻を押し当てて吐息を嗅ぐと、何と香織のように甘酸っぱい芳香ではないか。

熟女でも、少女のような果実臭というのは新鮮だが、もちろん香織の桃の匂いとは違い、もっと熟れたイチゴとリンゴを混ぜたような濃厚な刺激だった。

息を嗅いでいると興奮と快感が高まり、彼は股間をぶつけるように激しく動いた。

ピチャクチャと湿った摩擦音が響き、粗相したような潤いと収縮が増すと、

「い、いっちゃう……、アアーッ……！」

あっという間に亜津子が声を上ずらせ、ガクガクと狂おしいオルガスムスの痙攣を開始したのだった。

光司も激しい収縮に巻き込まれ、たちまち大きな快感に昇り詰めてしまった。

「い、いく……、気持ちいい……！」

彼が口走りながら、ドクンドクンと熱いザーメンを勢いよく注入すると、

「か、感じる……、もっと……！」

亜津子が彼の絶頂と噴出を感じ、駄目押しの快感に口走った。

光司は大きな快感を嚙み締め、心置きなく最後の一滴まで出し尽くしていった。

5

「じゃ、オシッコして下さいね」

バスルームでシャワーを浴びたあと、光司は狭い洗い場に仰向けになって言った。

両膝を立てなければならず、亜津子の手を引くと、もうマスクを外した彼女は朦朧としながら顔に跨がり、和式トイレスタイルでしゃがみ込んだ。

「アア……、本当に出すの……？」

M字になった脚をムッチリと張り詰めさせ、割れ目を迫らせながら亜津子が声を震わせて言った。

返事の代わりに豊満な腰を支えながら割れ目内部を舐め回すと、新たな愛液が湧き出し、舌の動きがすぐにもヌラヌラと滑らかになった。

「ああ……、出ないわ……、でも、出るかも……」

亜津子は迷いながらも何度か尿意を高め、熱く息を弾ませた。

この戸惑いと羞じらい、ためらいの様子は他の女性より亜津子が一番だった。

舐め回していると、ようやく内部の柔肉が迫り出し、味わいと温もりが変化していった。

「あう、出ちゃう……」

彼女が息を詰めて言うなり、チョロチョロと熱い流れがほとばしり、光司の口に注がれてきた。

仰向けなので噎せないよう気をつけ、味や匂いを堪能する余裕もなく彼は夢中で喉に流し込んだ。しかしあまり溜まっていなかったか、一瞬勢いが増しただけで、間もなく流れは治まってしまった。

滴る余りの雫をすすると、ようやく淡い残り香が感じられた。

「ああ……、も、もうダメ……」

亜津子はプルンと下腹を震わせると、バスタブのふちに摑まって懸命に身を起こした。光司も起き上がり、もう一度シャワーを浴びると、身体を拭いてベッドに戻っていった。亜津子も、もうマスクなど要らないようだった。

今度は光司が仰向けになり、亜津子の顔を股間に押しやると、彼女も開いた股間に腹這いになった。

「ここ舐めて」

彼が両脚を浮かせ、自ら両手で尻の谷間を広げて言うと、少しためらい、やがて亜津子も舌を伸ばしてチロチロと肛門を舐め回してくれた。これも彼女にとっては初体験かもしれない。

「中にも入れて」

せがむと亜津子もヌルッと潜り込ませてくれ、

「ああ、気持ちいい……」

彼は快感に喘ぎ、モグモグと肛門で美人妻の舌先を味わった。

「じゃ、またおしゃぶりして」

脚を下ろして言うと、亜津子も舌先で、陰嚢の中央の縫い目をゆっくりたどり、ペニスの裏側を舐め上げてきた。そして先端を舐め回し、丸く開いた口でスッポリと喉の奥まで呑み込んだ。

ズンズンと股間を突き上げると、

「ンン……」

亜津子は小さく呻き、さっきのようにスポスポと濡れた口で摩擦してくれた。

もう貪欲におしゃぶりする顔を見られても構わず、彼女はリズミカルに愛撫をしてペニスを温かな唾液にまみれさせてくれた。

やがて充分に高まると、

「跨いで、上から入れて」

彼は言って亜津子の手を引いた。

「う、上なんて初めて……」

彼女は言いながらも前進し、ペニスに跨がってきた。どうやら今までは夫にリードされるまま、受け身一辺倒だったのだろう。

先端に濡れた割れ目を当てると、亜津子はゆっくり腰を沈み込ませてきた。

ヌルヌルッとペニスを滑らかに膣に受けれると、

「アアッ……！」

亜津子は顔を仰け反らせて喘ぎ、ぺたりと座り込んでキュッと締め上げた。

光司は抱き寄せ、彼女が身を重ねると両膝を立てて尻を支え、潜り込んで両の乳首を舐め回した。

「あう、またすぐいきそう……」

亜津子が膣内の収縮を強めて呻き、彼は充分に左右の乳房を味わってから、顔を引き寄せて唇を重ねた。

舌をからませ、彼女の熱い鼻息で鼻腔を湿らせながらズンズンと股間を突き上げはじめると、

「アア……、いい気持ち……」

亜津子が口を離して喘ぎ、彼は甘酸っぱい吐息でうっとりと胸を満たした。

「唾を垂らして、いっぱい……」

腰の突き上げを強めながら言うと、亜津子も興奮と快感でためらいがなくなり、形良い唇をすぼめてトロリと吐き出してくれた。

舌に受けて味わい、小泡の多い唾液で喉を潤すと、

「い、いっちゃう、すごいわ、もっと突いて……！」

亜津子が声を上ずらせ、ガクガクと痙攣しはじめた。未知の体験ばかりして、すっかり絶頂が迫ったようだ。

光司も美女の吐息と締め付けに包まれ、激しく昇り詰めてしまった。

「く……！」

絶頂の快感に短く呻き、ありったけのザーメンをドクンドクンと注入すると、

「あうーッ……、いく、気持ちいい……！」

噴出を受けた亜津子が声を上げ、狂おしく悶え続けた。

光司は心ゆくまで快感を嚙み締め、最後の一滴まで出し尽くしていった。

すっかり満足しながら突き上げを弱めていくと、

「アア……」

亜津子も満足げに声を洩らすと、力尽きたようにグッタリともたれかかってきた。

光司はまだキュッキュッと息づく膣内でヒクヒクと過敏に幹を跳ね上げ、重みと温もりを受け止めながら、熱い果実臭の吐息で鼻腔を満たし、うっとりと快感の余韻に浸り込んでいった。

しばし溶けて混じり合いそうに重なったまま、荒い呼吸を整えた。

「ちゃんと感じましたか？」

光司が訊くと、亜津子はキュッとさらに締め付け、

「ええ……、何度もいきました。本当に、来て良かったわ……」

息を震わせて答えた。

「そう、ならば僕も良かったです。これからもしましょうね」

「ええ、もちろん……」

亜津子は言い、やがてノロノロと身を起こし、もう一度一緒にバスルームへ移動したのだった……。


——亜津子が帰ってから、光司は隠し撮りビデオを観てみた。

彼が目隠ししているときは、亜津子も安心して淫らな表情を浮かべ、目をキラキラさせながらお行儀悪くおしゃぶりしていた。

その様子にオナニー衝動に駆られたが、もちろん彼は明日のため、また我慢したのだった。盗撮コレクションばかり増えていくが、罰が当たることもなく女性運は続いているようだ。

そして翌日から大学も冬休みに入ったので、光司は執筆に専念し、順調に書き進めることが出来た。

そろそろ由紀子としたいと思い、メールしてみようかと思ったが、それより早く亜津子から夕食に来ないかと連絡が入ったのである。

もちろん光司はすぐにもＯＫの返信をし、シャワーと歯磨きを済ませると、メールに書かれた住所を頼りに団地を出た。

すると、外でばったり圭子とひとみに行き合ったのである。

「亜津子さんの家、初めてでしょう。良かったわ。一緒に行きましょう」

「え……？」

光司は戸惑ったが、どうやら圭子とひとみも招待されているようだ。よほど快楽が大きかったのか、光司のみならず圭子とひとみにもご馳走するらしい。

（まさか、４Ｐになるなんてことはないから、今日は食事だけか……）

光司は軽い失望を覚えながら、二人の主婦たちと一緒に亜津子の家に行った。どちらにしろ、冷凍物ばかりの食事をしているので、旨いものが食えるのは有難い。

徒歩十分ほどで亜津子の家に着くと、それは大豪邸だった。

ガレージには亜津子のものらしいベンツが置かれ、二階建ての家は大きく庭も広かった。

誰もが、いつかこんな家に住みたいと思いつつ団地暮らしをしているのだろう。

亜津子が満面の笑みで出迎えてくれ、三人で上がり込むと、テーブルには牛しゃぶの仕度が調っていたのだった。

第六章　男体盛り鍋パーティ

1

「腹八分目にしておいてね。デザートもあるから」

亜津子が言い、皆はビールを注ぎ合った。

特に光司と目を見合わせても、気まずそうな様子はない。

彼女が最年長で堂々として見えるのは、長年の欲求が解消されたからか、あるいは仲良しの同性が二人もいるからかも知れない。

テーブルには、向かいに圭子とひとみ、彼の隣には亜津子が座った。

ビールで乾杯し、とにかく光司は牛肉を摘んで味わった。野菜はポン酢で、牛肉は胡麻ダレだ。

もちろん圭子もひとみも、光司が亜津子と濃厚なセックスをしたことは知っているし、亜津子も二人が知っていることも構わず、しかも複数プレイのことまで聞いているようだった。

本当に、気心の知れた女同士の仲というのは、今ひとつ光司には理解できないものがあった。あんなに羞恥心の強かった亜津子でさえ、同性の前では大胆であけすけに報告しそうな雰囲気である。

「美味しいわ。最高級のお肉ね」

「光司クンはもう冬休みでしょう？　どこも行かないの？」

主婦たちも、最初のうちは取り留めのない会話をしていたが、中盤になると徐々に際どい話題になっていった。

「光司クンはこの三人の中で、誰がいちばん好き？」

「そ、それはみんなです」

「そう言うと思ったわ。みんな違ってみんないい、だなんて、金子《かねこ》みすゞじゃないんだから」

圭子が答えて笑い、ビールから日本酒に変え、やがてあらかた料理が片付くと、

「じゃ、少し休憩したらデザートにしましょうね」

亜津子が言い、済んだものを手早く片付け、光司を除く中では最年少のひとみが甲斐甲斐しく手伝った。

一行は、食堂のテーブルからリビングのソファへ移動した。

光司もグラスの酒を干すと、トイレに中座し、

(デザートでお開きなのかな。それとも……)

彼は思い、小用を終えると念のため洗面所にあったマウスウオッシュを使ってからリビングに戻った。

階下はリビングにバストイレ、キッチンにダイニングに客間があるらしく、夫婦の寝室や書斎、子供たちの部屋は二階のようだった。

「こっちよ」

亜津子に言われ、光司はリビングから八畳の和室に招き入れられた。

そこには、八人ぐらい用の大きな座卓が据えられていた。亜津子の夫が、何かと客を招くことが多いのかもしれない。

するとひとみが、簡易ベッドほどもある座卓の上に、海水浴で使うような、脹らませたイカダ型のエアークッションを敷いたのだ。

「さあ、じゃ脱いで、この上に寝てね」

圭子が言い、光司は驚いたが、どうやら三人ともすでに申し合わせていたようだ。

（やっぱり、ただのデザートで終わるわけじゃなかったんだ……）

彼は思い、急激な興奮に見舞われながら黙々と脱いでいった。

もちろん彼自身はピンピンに張り切っている。

全裸になり、恐る恐るクッションの上に仰向けになると、

「わあ、やっぱりすごく勃《た》ってるわ」

「もしかして、期待していた？」

圭子とひとみが言い、亜津子がクリームを手にし、彼の両の乳首や下腹、頬や太腿などに搾り出したのだ。

「これはお料理教室で作った、糖分ゼロのホイップクリームよ」

亜津子が言い、彼はひんやりしたクリームを載せられながら、妖しい期待にヒクヒクと幹を上下させた。

するとひとみがボウルを持ってきて、細かく切った果物を彼の肌に出されたクリームに載せてきたのである。

「果物、多かったかしら」

「大丈夫よ。別腹、別腹」

圭子が言い、やがて男体への盛り付けが終わると、彼女たちもテキパキと服を脱ぎ去っていったのだ。

たちまち三人の人妻たちが一糸まとわぬ姿になり、八畳間に女たちの匂いが甘ったるく立ち籠めた。もちろん圭子だけはメガネをかけたままだ。

三十五歳の亜津子、三十二歳の圭子、二十九歳のひとみが、それぞれ魅惑的な乳房を息づかせ、余すところなく肌を露わにしている。

亜津子も乳房を隠すことなく、三人は光司を見下ろした。

「ローソクも立てたかったけど無理ね」

「ナイフとフォークは使わないので、直に食べましょう」

彼女たちが口々に言うと、光司はあまりの興奮に身も心もぼうっとなってしまい、屹立したペニスだけが期待にヒクついていた。

団地以外で淫らなことをするのは、初めてのことである。

「じゃ、いただきまーす」

三人が言い、圭子とひとみが左右から、リーダーの亜津子は彼の股間に顔を寄せてきた。

皆は同時に、クリームに固定された果物に、口を付けて食べはじめた。

圭子とひとみが、左右の乳首を、亜津子は太腿に載った果物を含んだ。

しかも口を離さず、果物を咀嚼して飲み込むと、そのままクリームに舌を這わせてきたのである。

「ああ……」

光司は三人の唇と舌を感じ、クネクネと悶えて声を洩らした。

「ダメよ、動かないで。光司クンは食べ物なんだから」

圭子が言い、しかも彼が好むのを知っているので、クリームを舐め取ったあともキュッキュッと乳首を噛んでくれた。

「あう、気持ちいい……」

ひとみも歯を立て、亜津子も同じように彼の太腿のクリームを舐め、モグモグと肌を噛んでくれた。

彼は三人の妖しくも美しい魔女たちに食い散らかされ、先端からは粘液を滲ませて快感を高めていった。

クリームと果物が補充され、彼の両頬も舐め回された。

光司が、圭子とひとみに舌を伸ばすと、二人もクリーム味のする舌をチロチロとからめ、唾液も飲ませてくれた。

熱く混じり合った吐息が何ともかぐわしく、光司はじっとしていられずクネクネと身悶えた。

すると亜津子も、とうとう陰嚢をしゃぶり、肉棒の裏側を舐め上げてきたのだ。

たまに圭子が、細かく嚙んだイチゴも口移しに彼に食べさせてくれ、ひとみは自らの乳首にクリームを塗り、彼に含ませてきた。

「天然のミルクも混じってるわ」

ひとみは言って自ら乳房を揉み、ほとんど出なくなった母乳を搾り出してくれた。

光司はそれに吸い付き、クリームと母乳の混じった味を堪能し、先端を亜津子にしゃぶられてヒクヒクと幹を震わせた。

三人は彼の肌のクリームを全て舐め取ると、もう果物の補充もせず、本格的に全身あちこちに舌を這わせ、モグモグと嚙んでくれた。

もちろんペニスをしゃぶっている亜津子だけは歯を当てることなく、喉の奥まで吞み込んで吸い付き、ネットリと舌をからめた。

「あう、気持ちいい、いきそう……」

光司は呻き、三人の迫力に圧倒されながら降参した。

「ダメよ、我慢して」

亜津子がスポンと口を離すと、圭子が言い、三人は愛撫を止めて身を起こした。

「さあ、じゃ今度は光司クンが私たちを舐めてね。どこからがいい？」

「あ、足から……」

「そうよね、じゃ亜津子さんも」

圭子が言い、三人は彼の顔の方に集まり、互いに体を支え合いながら、座卓の上で仰向けになっている彼の顔に足裏を押し当ててきた。

「ああ……」

唾液とクリームに湿っている顔中に、三人分の足裏が密着し、光司は激しい快感に声を洩らした。

亜津子と二人きりでしたときは、やはり複数プレイより一対一の方が興奮すると思った光司だったが、こうして三人がかりで迫られると、夢のように心地よく贅沢な感覚に包まれた。

彼はもうどれが誰の足裏かも分からないまま、順々に舌を這わせ、汗と脂に湿り、ムレムレの匂いが濃く沁み付いた指の股に鼻を埋め込んで嗅いだ。

さすがに控えめな匂いでも、三人分となると濃厚に鼻腔が刺激され、甘美な悦びが胸に沁み込んでいった。

爪先もしゃぶって指の股に舌を割り込ませると、我も我もと指を彼の口に突っ込んできた。

やがて彼女たちが足を交代させると、また光司は三人分の新鮮な爪先の味と匂いをとことん貪り尽くしたのだった。

2

「じゃ亜津子さんから跨いで舐めてもらって」

圭子が言うと、亜津子もためらいなく座卓の上に乗り、仰向けの彼の顔を跨いでしゃがみ込んできた。

両の白い内腿がムッチリと張りつめ、彼の顔中に覆いかぶさった。

さすがに期待が大きかったのか、割れ目は愛液が大洪水になり、今にもトロリと垂れそうなほど溢れていた。

すると圭子とひとみは彼の爪先をしゃぶり、脚の内側をモグモグと嚙みながら這い上がってきたのである。

光司は豊満な腰を抱き寄せ、茂みに鼻を擦りつけ、汗とオシッコに蒸れた匂いを貪りながら舌を這わせていった。

息づく膣口を掻き回し、クリトリスまで舐め上げていくと、

「アア……、いい気持ち……」

亜津子がうっとりと喘ぎ、柔肉をヒクつかせながらキュッと密着させてきた。

光司はクリトリスに吸い付き、溢れるヌメリをすすり、充分に嗅いでから尻の真下に潜り込んだ。

顔中に密着する双丘を受け止めながら、蕾に籠もった蒸れた匂いを嗅ぎ、舌を這わせてヌルッと潜り込ませると、

「あう……」

亜津子が呻き、キュッと肛門で舌先を締め付けてきた。

その間に、圭子とひとみは彼の両の内腿を嚙み、熱く混じり合った吐息を股間に籠もらせていた。

そしてとうとう二人は頰を寄せ合って陰囊をしゃぶり、肉棒を舐め上げてきた。

先端が交互に舐められ、順々に喉の奥まで含まれても、顔に亜津子が跨がっているので、どちらに含まれているか分からない。

圭子とひとみはスポスポと代わる代わる吞み込んで舌をからめ、たちまち彼は高ま

ってきた。

「い、いきそう……」

「いいわ、じゃ亜津子さんが最初に入れて」

彼が警告を発すると、二人は口を離して言った。

すると亜津子も腰を浮かせ、仰向けの彼の上を移動して股間に跨がった。

そっと幹に指を添えて先端に割れ目を押し当て、彼女が息を詰めてゆっくり腰を沈み込ませると、たちまち彼自身はヌルヌルッと滑らかに根元まで膣口に呑み込まれていった。

「アアッ……、いい……」

亜津子が股間を密着させ、顔を仰け反らせて喘いだ。

一対一の時は相当に緊張していたようだが、今は正直に快感を受け止め、心ゆくまで味わう姿勢を見せていた。

特に二人の同性の存在は気にならず、むしろ女が数で圧倒しているから、かえってリラックスしているのかもしれない。

これも光司には理解できない心理だった。もし彼なら、一人でも同性がいたら、たちまち淫気なんか消え去ってしまうだろう。

しかし、とにかく今は男一人に美女三人という贅沢な状況なのだから、彼は遠慮なく快感を味わい、肉襞の摩擦と締め付けの中で歓喜に幹を震わせた。

すると圭子が遠慮なく光司の顔に跨がり、しゃがみ込んで股間を彼の鼻と口に押し付けてきた。

「むぐ……」

彼は心地よい窒息感に呻き、懸命に舌を這わせてヌメリを味わいながら汗とオシッコの蒸れた匂いを貪った。

「アア、いい気持ち……」

圭子が愛液を漏らして喘ぎ、味と匂いを堪能すると尻の真下にも潜り込み、蕾に籠もった蒸れた匂いを嗅いで、舌を挿し入れた。

そして前も後ろも充分に味わうと、圭子はひとみのために腰を浮かせて離れ、場所を空けた。

すかさずひとみも跨がり、光司はそれぞれ微妙に異なる性臭を嗅ぎ、舌を這わせて大きなクリトリスに吸い付いた。

「あう……、もっと……」

ひとみも、二人に負けないほど大量の愛液を漏らして呻いた。

彼女の尻にも潜り込み、レモンの先のように突き出た肛門を舐め、ヌルッと舌を潜り込ませて甘苦い粘膜を味わった。

やがてひとみも気が済んだように股間を引き離すと、

「ああ……」

亜津子が喘ぎ、上体を起こしていられなくなったように身を重ねてきたので、光司も抱き留め、膝を立てて豊満な尻を支えた。

そして潜り込むようにして亜津子の乳首にチュッと吸い付き、舐め回しながら顔中で膨らみを味わった。

すると左右からは、圭子とひとみが乳房を押し付けてきたのだ。

光司は、上と左右から三人分の乳房に挟まれ、混じり合った甘ったるい体臭に噎せ返りながら順々に乳首を貪っていった。

それぞれの膨らみが密着すると、柔肌の中に顔中が埋まって揉みくちゃにされた。

三人の乳首を味わうと、彼は順々に彼女たちの腋の下にも鼻を埋め込んで、濃厚に甘ったるい汗の匂いに酔いしれた。

みな腋はジットリと生ぬるく湿っていたが、やはり腋毛の煙るひとみの体臭が最も濃く、悩ましく鼻腔が刺激された。

そして下から亜津子に唇を重ね、舌をからめると、左右から圭子とひとみも顔を寄せて舌を伸ばしてきたのだ。

上と左右からの滑らかな舌を一度に舐めるのは、恐らく一生に一度きりの贅沢であろう。

どれも温かな唾液に濡れて滑らかに蠢き、混じり合った唾液が流れ込み、三人の吐息が混じって顔中が生ぬるく湿った。

「唾を出して……」

言うと三人も順々にトロリと吐き出してくれ、彼は小泡の多い粘液を好きなだけ飲み込むことが出来た。一人一人は少量でも、ミックスされた三人分となるといくらでも味わえた。

やがてズンズンと股間を突き上げはじめると、

「アア、すぐいきそう……」

亜津子が舌を引っ込めて熱く喘ぎ、収縮と潤いを増しながら腰を動かした。

三人の、口から吐き出される息も実に悩ましく、亜津子の果実臭に圭子の花粉臭、そしてひとみのシナモン臭が、どれも食後で濃厚になり、混じり合ってうっとりと鼻腔が刺激された。

「顔中ヌルヌルにして……」

言うと三人は舌を這わせ、たちまち彼の鼻も頰も瞼も生温かな唾液にまみれ、濃くなった匂いが鼻腔を搔き回した。

圭子とひとみは左右の耳の穴にも舌先を押し込んで蠢かすものだから、聞こえるのはクチュクチュという唾液の湿った音だけになった。

上からも左右からも美女たちの顔が密着し、呼吸すれば吸い込むのは美女たちの熱い吐息だけで、もう我慢できず光司は股間を突き上げながら、激しく昇り詰めてしまった。

「い、いく……、気持ちいい……！」

彼は口走りながら大きな快感を味わい、熱い大量のザーメンをドクンドクンと勢いよくほとばしらせた。

「か、感じる……、アアーッ……！」

噴出を受けると、たちまち亜津子が声を上ずらせ、ガクガクと狂おしいオルガスムスの痙攣を開始したのだった。膣内の収縮が活発になり、光司は快感を嚙み締めながら、心置きなく最後の一滴まで出し尽くしていった。

「ああ……」

彼は満足しながら声を洩らし、突き上げを弱めてグッタリと力を抜いていった。

亜津子も、すっかり満足したように熟れ肌の硬直を解き、動きを止めてもたれかかってきた。

まだ膣内の締め付けがキュッキュッと繰り返され、内部で過敏になった幹がヒクヒクと跳ね上がった。そして光司は亜津子の重みと三人分の温もりを感じ、混じり合ったかぐわしく濃い吐息を嗅ぎながら、うっとりと快感の余韻に浸り込んでいったのだった。

「二人ともいったのね」

圭子が言い、ようやく自分の番が来たかと目を輝かせたが、光司は少し休憩したかった。

やがて二人に支えられながら、ノロノロと亜津子が身を起こして股間を引き離していった。三人が彼から離れると、急に室内の空気がひんやりと感じられるのは、それだけ今まで三人の吐息だけ吸い込んでいたからなのだろう。

「じゃ、一度シャワー浴びましょうか」

圭子が言うので、光司もほっとして起き上がった。

そして三人で和室を出ると、バスルームへ移動していったのだった。

3

「わあ、広いお風呂。羨ましいわ」

バスルームに入ると、ひとみが歓声を上げた。

確かに団地とは違い、豪邸のバスタブと洗い場は実に広かった。もし団地のユニットバスだったら、とても四人は入りきらないだろう。

皆でシャワーを浴びると、亜津子はまだ余韻の中で椅子に座っていたが、圭子とひとみは実に元気で彼に身を寄せてきた。

「そろそろ回復する？」

「そうだ、オシッコを浴びると元気になるのよね」

二人が言うと、もちろん光司は床に座り、期待にムクムクと回復してきた。

「さあ、亜津子さんも立って」

圭子が亜津子に言い、支えて立たせた。

そして座っている光司の肩に圭子が跨がると、ひとみももう片方の肩を跨ぎ、正面からは亜津子が跨がって股間を突き出してくれた。

さっきと同じ並びで、彼は三方から迫る股間に圧倒された。

「この方が良く見えるでしょう」

しかも圭子が言い、自ら指で割れ目をグイッと広げると、亜津子とひとみも同じように陰唇を開いたのだ。

どれもクリトリスと膣口が丸見えになり、似ているようでそれぞれ違う。

そして誰もが、新たな愛液をヌラヌラと漏らしているのだった。

これで圭子とひとみを抱き、亜津子が回復したらエンドレスになるのではないかと少し彼は不安になった。

それでもペニスはピンピンに突き立ち、すっかり元の硬さと大きさを取り戻していた。身体を流しても、三人分の温もりが甘ったるい匂いを含んでバスルーム内に立ち籠めている。

光司は順々に割れ目を舐め、新たな愛液のヌメリを味わった。

「あう、出るわ……」

一番先に圭子が言い、チョロチョロと熱い流れがほとばしってきた。

口に受けて味わうと、反対側のひとみもゆるゆると放尿を開始した。

二人とも指で陰唇を広げているので、流れは拡散せず真っ直ぐ飛んできた。

「アア、出る……」

最後に亜津子も尿意を高めて言い、か細い流れを漏らしてきた。

光司はそれぞれの流れを舌に受けて味わい、うっとりと喉を潤した。

やはりどれも味と匂いは淡く控えめだが、三人分となると鼻腔が刺激され、勢いがつくと彼は溺れるような錯覚に陥った。

「ああ、いい気持ち……」

圭子が言い、バスルームでメガネを外しているので、知らない美女のオシッコを受けているようだった。

間もなく順々に勢いが衰え、流れが治まっていった。

光司は三人の割れ目を舐め回し、濃い残り香の中でポタポタと滴る余りの雫をすすった。

「ああ、早くしたいわ……」

圭子が言い、股間を引き離してもう一度シャワーを浴びた。

彼も立ち上がって身体を流し、順々に脱衣所に出て身体を拭くと、また四人で和室に戻っていった。

再び光司が座卓に敷かれたエアーマットに仰向けになると、三人は順々に回復したペニスをしゃぶり、混じり合った唾液に濡らしてくれた。

「じゃ、今度は私でいいかしら」

メガネをかけた圭子が言って身を起こし、座卓に這い上がってきた。

そして彼の股間に跨がり、自分から割れ目を先端に当て、ゆっくり座り込んだ。

考えてみれば、光司はずっと仰向けだから楽なもので、美女たちが勝手に行動してくれるのである。

「アアッ……、いい気持ち……」

ヌルヌルッと根元まで受け入れると、圭子は股間を密着させて喘いだ。

光司も摩擦と締め付けに包まれ、快感を味わったが、亜津子を相手に濃厚な射精をしたばかりなので、何とか保たせてひとみに繋げたいと思った。

暖房は、リビングからの温風が来るので和室は点けていない。何しろ二人もの女体がそばにいるので寒くはないが、さらに圭子の膣内が燃えるように熱く、快感の中心部だけが快適な肉壺に納まっていた。

圭子は脚をM字にさせ、何度かスクワットするように腰を上下させていたが、やがて両膝を突いて身を重ねてきた。

もちろん亜津子とひとみも、左右から彼に顔を寄せ、耳や頬を舐めてくれた。

上からは圭子が唇を重ねて舌をからめ、また彼は三人分の吐息を嗅いでジワジワと高まっていった。

圭子の動きに合わせ、下からもズンズンと股間を突き上げはじめると、

「あう、すぐいきそう……」

彼女も収縮と潤いを増して声を上げ、腰の動きを速めていった。

やはり無意識に、順番が詰まっていると気が急くのか、圭子も通常よりずっと早く絶頂が迫ってきたようだった。

もちろん光司もすっかり高まっていたが、勃起したまま暴発する心配はなさそうだった。むしろ、時間の問題で圭子が果てそうなので、もう少しの辛抱と思い奥歯を嚙み締めていた。

すると、たちまち圭子がガクガクと狂おしい痙攣を開始したのだ。

「き、気持ちいいわ、もうダメ……、アアーッ……！」

圭子が声を上げ、激しいオルガスムスに全身を悶えさせた。

締め付けが増し、溢れる愛液で股間がビショビショになったが、辛うじて光司は耐えきることが出来たのだった。

「アア、良かった……」

満足げに圭子が言い、硬直を解いてグッタリともたれかかってきた。ペニスを締め付けたまま、暫《しば》しヒクヒクと身を震わせていたが、やがて呼吸を整えると、ノロノロと身を起こしていった。

「残念だわ、中に出させようと思ったのに、早々といってしまって……」

圭子が言って座卓を降りると、すぐにひとみが上ってきた。そして圭子の愛液にまみれ、淫らに湯気の立つ先端に跨がった。

割れ目を押し当て、ヌルヌルッと一気に受け入れて座り込むと、

「アアッ……、奥まで響くわ……」

ひとみが顔を仰け反らせて喘ぎ、股間を密着させて味わうようにキュッキュッと締め上げてきた。

光司も、それぞれ温もりや感触の異なる膣内を味わった。

ひとみが身を重ねると、光司も両膝を立てて尻を支えながら抱き留めた。

股間を突き上げると、ひとみも腰を遣いはじめた。

胸に母乳の滲む乳房が密着し、大きなクリトリスが擦られ、コリコリする恥骨の膨らみも伝わってきた。

動きに合わせてピチャクチャと淫らに湿った摩擦音が響き、溢れる愛液に互いの股

間が熱く濡れた。

もちろん左右からは亜津子と圭子が顔を寄せ、熱い息を籠もらせながら彼に舌をからめてくれた。上からはひとみも加わり、また光司は三人分のミックス唾液と悩ましい吐息を嗅ぎながら高まった。

「い、いっちゃう……、アアーッ……！」

たちまちひとみが声を上ずらせ、ガクガクと狂おしい痙攣を開始した。

もう彼はひとたまりもなく、圭子で堪えていた分の快感まで押し寄せ、激しく昇り詰めてしまった。

「あう、気持ちいい……！」

彼は絶頂の快感に口走り、ありったけの熱いザーメンを勢いよくほとばしらせた。

「ああっ、もっと出して……！」

噴出を感じたひとみが駄目押しの快感に喘ぎ、飲み込むようにキュッキュッときつく締め上げてきた。

光司は心ゆくまで快感を噛み締め、最後の一滴まで出し尽くしていった。

とことん満足しながら突き上げを弱め、願わくば亜津子が回復しませんようにと心の中で祈った。

今まで女性に縁がなかった頃を思えば贅沢なことだが、どうせならいっぺんでなく一人一人と順々に会った方が良いのである。どうしても複数となると、一人一人の賞味が粗くなってしまうのだ。

「ああ……、良かったわ……」

ひとみが肌の強ばりを解き、グッタリと力を抜いて言った。

彼は収縮を繰り返す膣内でヒクヒクと過敏に幹を震わせ、三人分の悩ましい吐息で鼻腔を満たしながら、うっとりと快感の余韻を味わったのだった。

やがて呼吸を整えると、ひとみがノロノロと身を起こし、亜津子に支えられながら座卓を降りていった。

そしてもう一度シャワーを浴びると、危惧していたようなエンドレスになることもなく、この妖しくも濃厚な宴《うたげ》もお開きとなったのである。

何しろひとみには赤ん坊がいるし、亜津子とひとみも今夜は充分に満足したようだった。

やがて四人とも身繕いを整えると、片付けを手伝ってから亜津子の家を辞したのだった。

三人で団地まで歩くと、冷たい夜風が火照《ほて》った頬に心地よかった。

「亜津子さんも、すっかり満足したようで良かったわ」

「ええ、一番欲求を溜めていたようだったから」

圭子とひとみが歩きながら言う。

「あの、今度は一対一でお願いします。複数はあんまり贅沢で……」

光司が思っていたことを言うと、

「ええ、分かったわ。また個別にメールするから」

圭子が言うとひとみも頷き、やがて団地に着いた一行はA棟とB棟にわかれ、光司も自室に戻ったのだった。

4

(さあ、完成したらどの出版社へ送ろうか……)

翌日、光司は完成間近な官能小説の執筆作業を進めながら思った。

昨夜はあまりに強烈な4Pで、今日は彼も昼まで起きられなかったのだ。

そして昼過ぎから執筆にかかり、夜になってしまったが今日は誰からも連絡はこなかった。

久々に何もない一日を過ごし、寝しなには、溜まっている動画でも見て抜こうかと思ったが、やはり明日また何か良いことがあるかも知れないと、オナニーは控えて寝たのだった。

そして翌日、光司は日のあるうちに作品を完成させ、ほっと一息つくと、由紀子からメールが入った。

今夜は香織が、友人の家に泊まりに行くというので夕食に来ないかと言ってきたので、もちろん光司もOKの返信をした。

おそらく香織も、仲良しの友人たちに初体験をした自慢話でもするのだろう。

やがて彼は日暮れになると、トイレとシャワーと歯磨きを済ませ、いそいそと階下へ降りていった。

しかもバッグに、DVDカメラを入れて持っていったのである。

何とか顔を撮らないようにすれば録画を承知してくれるかもしれないし、バッグには先日亜津子にもらったアイマスクも入っているのだ。

そう、どうにも彼は由紀子の割れ目や肛門、フェラする口などをアップで撮りたかったのだ。

由紀子に招き入れられると、すでに食卓には鍋が用意されていた。

肉豆腐鍋で、豚肉と豆腐、葱や白滝が入った鍋が湯気を立てている。ここのところビーフが続いていたので、ポークは嬉しかった。

由紀子と差し向かいで乾杯し、ビールで喉を潤してから鍋をつついたが、どうにも彼女の美しい顔や巨乳を前にしていると、いつしか痛いほど股間が突っ張ってきてしまった。

何しろ昨日は一日抜いておらず、このようなことは女性運が舞い込んできてから初めてのことだったのである。

由紀子の方も興奮を高めているのか、最初のうち続いていた世間話も途切れがちになっていた。

そして食事を終え、片付けを済ませて休憩すると、いよいよ日常が非日常に切り替わる瞬間がやってきた。

「じゃ寝室に、いい……？」

由紀子の方から言い、彼も頷いて立ち上がった。そしてバッグを持って一緒に寝室に入ると、

「それは、何を持ってきたの？」

「ＤＶＤカメラです。どうしても、由紀子さんの割れ目を撮りたいので」

「まあ、無理よ。そんなこと……」

言うと、由紀子が驚いて身じろいだ。

「もちろん僕だけのオナニー用で、決して誰にも見せないです。それに、これで顔を隠せば大丈夫でしょう」

アイマスクを出して言うと、

「す、少し考えさせて。とにかく脱ぎましょうね」

由紀子は言い、照明を調節してからブラウスのボタンを外しはじめた。

光司も、カメラとマスクを置き、手早く全裸になっていった。マスクは新品ではないが、亜津子の匂いが残っていないかどうかは確認済である。

彼女もすっかり興奮を高めたように、濃く甘ったるい匂いを漂わせ、見る見る白い熟れ肌を露わにしていった。

光司の知る女性の中では最年長、しかも彼の最初の相手なので、激しい期待と興奮に彼自身ははち切れそうになっていた。

やがて互いに全裸になると、彼は由紀子をベッドに横たえ、

「じゃ、これを着けて下さいね」

アイマスクを目に当て着けてやると、彼女も息を弾ませながら素直に従った。

そして彼はカメラを手にし、由紀子を大股開きにさせた。

さらに彼女の両脚を浮かせると、丸見えになった割れ目と肛門にレンズを向けてアップで撮った。

「すごく濡れてます」

「アア……、撮っているの……？」

言うと由紀子が熱く喘ぎ、脚を閉じることはしなかった。

右手でカメラを構え、左手の指で陰唇を広げると、香織が生まれ出た膣口が白っぽい粘液を滲ませてヒクヒク息づいていた。

光沢あるクリトリスも、愛撫を待つようにツンと突き立ち、ピンクの肛門も膣口と連動するようにヒクヒクと艶めかしい収縮を繰り返している。

充分に撮ると、彼はレンズを彼女に向けたまま、いったんカメラをサイドテーブルに置き、まずは彼女の足裏を舐め、縮こまった指の間に鼻を割り込ませて、蒸れた匂いを嗅いだ。

今日も指の股は汗と脂に湿り、ムレムレの匂いが濃く沁み付いて、悩ましく鼻腔が刺激された。

爪先をしゃぶり、順々に舌を割り込ませていくと、

「アアッ……、ダメ……」

由紀子が喘ぎ、クネクネと身悶えた。

やはり視界が遮られていると、音と感触が全てとなり、いつにない妖しい興奮が湧き上がっているのだろう。

光司は両足とも存分に足指の味と匂いを貪り、脚の内側を舐め上げていった。

白くムッチリと張りのある内腿をたどり、熱気と湿り気の籠もる股間に顔を埋め込んだ。

柔らかな茂みに鼻を擦りつけて嗅ぐと、蒸れた汗とオシッコの匂いが馥郁《ふくいく》と胸に沁み込んできた。

「いい匂い」

「あう……！」

執拗に嗅ぎながら言うと由紀子が呻き、内腿で彼の顔を挟み付けてきた。

舌を挿し入れ、膣口の襞を濡らす淡い酸味のヌメリを掻き回してから、ゆっくりとクリトリスまで舐め上げていくと、

「アアッ……、か、感じる……！」

由紀子が身を仰け反らせて喘ぎ、内腿にきつく力を込めた。

光司は執拗に舐め回してから、脚を浮かせて豊満な尻に迫っていった。

蕾に鼻を埋め込み、蒸れた匂いを貪ると顔中に弾力ある双丘が密着した。

チロチロと舌でくすぐるように襞を舐めて濡らし、ヌルッと潜り込ませると滑らかな粘膜に触れた。

「く……!」

由紀子が呻き、肛門で舌先を締め付けた。

アナルセックスは苦手なようだが、舌は気持ち良いらしく、光司の鼻先の割れ目がさらに大量の愛液を漏らしてきた。

彼は舌を出し入れさせるように蠢かせ、ようやく脚を下ろして再び割れ目を舐め回し、潤いをすすった。

「アア、お願い、入れて……」

すっかり高まった由紀子が、マスクを外すこともせずにせがんできた。

光司は股間から這い出し、前進して巨乳に跨がった。

「入れる前に、しゃぶって濡らして下さいね」

彼は言い、急角度にそそり立つ幹に指を添えて下向きにさせ、まずは巨乳の谷間で揉んでもらってから、先端を口に押し付けていった。

もちろんカメラを手にし、彼女の口元をアップで撮った。

「ンン……」

由紀子は熱く呻き、パクッと亀頭を含んで吸い付くと、クチュクチュと貪るように舌をからめてくれた。張りつめた亀頭が温かな唾液にまみれ、さらに深く押し込まれていくと熱い鼻息が恥毛をそよがせた。

そして充分に唾液に濡れると、彼はペニスを引き離し、カメラを置くと再び由紀子の股間に戻った。

そして正常位で先端を濡れた割れ目に押し当て、感触を味わいながらゆっくり膣口に押し込んでいった。

ヌルヌルッと根元まで吸い込まれると、

「アアッ……、いい……！」

由紀子が顔を仰け反らせて喘ぎ、目が覆われているので探るように両手を伸ばしてきた。彼が脚を伸ばして身を重ねると、由紀子は下からしっかりと両手を回して抱き留めてくれた。

光司はまだ動かず、温もりと感触を味わいながら屈み込み、左右の乳首を交互に含んで舌で転がし、顔中を柔らかな膨らみに押し付けて弾力を味わった。

両の乳首を愛撫してから腋の下にも鼻を埋め、甘ったるい汗の匂いに噎せ返った。

そして上からピッタリと唇を重ね、舌を挿し入れて歯並びを舐め、温かな唾液に濡れて蠢く美女の舌を味わった。

すると由紀子も執拗に舌をからめながら、待ち切れないようにズンズンと股間を突き上げはじめたので、彼も合わせて腰を突き動かした。

5

「ああ……、い、いきそうよ……」

由紀子が口を離し、声を震わせて喘いだ。

開いた口に鼻を押し込んで嗅ぐと、湿り気ある白粉臭の息が、食後で濃厚になって鼻腔を刺激してきた。

悩ましい匂いで果てそうになるが、まだ彼は昇り詰める気はなかった。複数の女性を相手にし、すっかり自分をコントロール出来るようになっていたし、自分から動く分にはセーブも出来る。

「まだ我慢して下さいね」

光司は言い、身を起こしていったんペニスを引き抜いた。

「あう……、止めないで……」

「横向きになって下さい」

不満げに言う由紀子に答え、光司は彼女を横向きにさせた。そして上の脚を差し上げ、下の内腿に跨がり、今度は松葉くずしの体位で再び挿入していった。

「アアッ……!」

由紀子が横向きで喘ぎ、室内を締め付けてきた。

彼は上の脚に両手でしがみつき、何度かズンズンと腰を動かした。

互いの股間が交差しているので密着感が高まり、内腿も擦れ合って新鮮な快感があった。

もちろんここでも果てる気はなく、違う体位を味わってからペニスを引き抜いた。

「じゃ、四つん這いになって下さい」

支えながら言うと、由紀子もノロノロとうつ伏せになり、四つん這いで豊満な尻を突き出してきた。

光司も膝を突いて股間を進め、愛液にまみれた先端をバックからヌルヌルッと膣口に押し込んでいった。

「あう……」

由紀子が顔を伏せて呻き、艶めかしく尻をくねらせた。

光司は白く滑らかな背に覆いかぶさり、両脇から回した手で巨乳を揉みしだき、髪の匂いを嗅ぎながらズンズンと腰を突き動かした。股間に尻が当たって弾み、実に心地よかった。

「い、いく……、アアーッ……！」

たちまち由紀子がうつ伏せのまま声を上げ、ガクガクと狂おしいオルガスムスの痙攣を開始してしまった。どうやら目隠し効果と多くの体位の刺激で、激しく昇り詰めてしまったようだ。

しかし光司は、なおも保っていた。やはり顔が見えず、唾液と吐息を貰えないのが物足りないのだ。セーブしつつ動いていると、

「ああ……」

とうとう由紀子は力尽き、声を洩らしてグッタリとなってしまった。

光司も動きを止め、そろそろと股間を引き離して彼女の呼吸が整うのを待ち、いったんカメラを止めた。やがて余韻から覚める頃、

「じゃ、一度バスルームに行きましょう」

彼女のマスクを外し、支え起こしながら二人でベッドを降りた。

バスルームに移動し、シャワーの湯を浴びると、もちろん光司は床に座り、由紀子を目の前に立たせた。

「じゃ、出して下さいね」

片方の足を浮かせてバスタブのふちに乗せ、開いた股間に顔を埋めて言うと、由紀子も朦朧としながら心得たように息を詰めて尿意を高めてくれた。

舐めていると奥の柔肉が蠢き、

「アア、出るわ……」

由紀子が言うと同時に、チョロチョロと熱い流れがほとばしってきた。

口に受けて味わい、うっとりと喉を潤すと、勢いが増して溢れた分が肌を心地よく伝い流れた。

あまり溜まっていなかったのか、間もなく流れが治まると残りの雫をすすり、舌を這わせると新たな愛液が溢れて淡い酸味のヌメリが満ちていった。

「ああ、もう……」

続きはベッドで、とでもいうように由紀子が声を洩らし、光司が舌を離すと彼女も足を下ろした。

もう一度シャワーを浴びて身体を拭き、再びベッドに戻った。

そしてベッドに向けたＤＶＤカメラのスイッチを入れると、由紀子はマスクもせずベッドに上がった。

「マスクは？」

「もうしなくていいわ。決して誰にも見せないというのを信用するので」

訊くと彼女が答え、光司も嬉々として仰向けになった。

すると由紀子も、すぐに光司の開いた脚の間に腹這いになり、自分から彼の両脚を浮かせて尻に迫ってきたのだ。

彼女も自分で尻の谷間を広げると肛門にチロチロと舌が這い、ヌルッと潜り込んだ。

「あう……」

光司は快感に呻き、モグモグと肛門を締め付けて美熟女の舌を味わった。

やがて蠢く舌が離れ、彼が脚を下ろすと陰嚢がしゃぶられた。睾丸が転がされ、熱い息が股間に籠もると、さらに彼女は前進してきた。

肉棒の裏側を滑らかに舐め上げ、先端に来ると粘液の滲む尿道口をくすぐり、丸く開いた口でスッポリと喉の奥まで呑み込んでいった。

「ああ、気持ちいい……」

光司は喘ぎ、由紀子の口の中でヒクヒクと幹を上下させた。

「ンン……」

由紀子も熱く呻き、上気した頬をすぼめて吸い付き、口の中ではクチュクチュと舌をからめ、スポスポと摩擦してくれた。

「い、入れて下さい……」

すっかり高まった光司が言うと、由紀子もスポンと口を引き離し、身を起こして前進した。彼の股間に跨がり、先端に濡れた割れ目を押し当て、腰を沈めてゆっくり膣口に受け入れていった。

「アアッ……、いい気持ち……」

ヌルヌルッとはめ込み、股間を密着させた由紀子が顔を仰け反らせて喘ぎ、艶めかしく巨乳を揺すった。

光司が両手を伸ばして抱き寄せると、由紀子も身を重ね、巨乳を彼の胸に押し付けてきた。彼は両手でしがみつき、両膝を立てて豊満な尻を支えながら、由紀子の顔を引き寄せピッタリと唇を重ねた。

舌をからめ、滴る唾液をすすり、彼は徐々に股間を突き上げていった。

「アア……、またすぐいきそうよ……」

撮られていることを意識してか、由紀子は唇を離して喘ぎ、再び絶頂を迫らせたようだ。

光司も、多くの体位を経験しながら我慢したので、今度こそ激しく高まってきた。

彼は次第にズンズンと突き上げを強め、何とも心地よい肉襞の摩擦と締め付けを味わい、由紀子の吐き出す白粉臭の吐息に酔いしれた。

「ああ、やっぱり一対一がいい……」

「え？　何？」

思わず口走ると、由紀子が腰を遣いながら訊いてきた。

「い、いいえ、人が多くいる大学が休みでほっとしたので。それに僕は由紀子さんのことが、この世でいちばん好き……」

「まあ、すごく嬉しい。今夜は朝までいても構わないわ」

由紀子は囁き、感極まったようにチュッチュッと彼の顔中にキスの雨を降らせてくれた。

「ああ、もっとヌルヌルにして……」

突き上げながら言うと、由紀子も唾液を垂らし、舌で塗り付けてくれた。たちまち顔中が美熟女の唾液でヌルヌルになり、光司は悩ましい唾液と吐息の匂いに包まれ、激しく昇り詰めてしまった。

「い、いく、気持ちいい……！」

大きな絶頂の快感に口走りながら、ありったけの熱いザーメンをドクンドクンと勢いよくほとばしらせると、

「あ、熱いわ、またいく……、アアーッ……！」

由紀子が声を上ずらせ、ガクガクと狂おしい痙攣を開始した。

膣内の収縮が活発になり、彼は全身まで吸い込まれる思いで快感を嚙み締め、心置きなく最後の一滴まで出し尽くしていった。

「ああ……」

すっかり満足しながら声を洩らし、徐々に突き上げを弱めていくと、

「アア、すごく良かったわ……」

由紀子も熟れ肌の強ばりを解いて言い、グッタリともたれかかってきた。

まだ膣内は名残惜しげにキュッキュッと締まり、過敏になった幹が内部でヒクヒクと小刻みに跳ね上がった。

「あう、もう暴れないで……」

由紀子が言い、幹の震えを抑えるように、さらにキュッと締め上げてきた。

光司は重みと温もりを受け止め、由紀子の熱く甘い吐息を間近に嗅ぎながら、うっとりと快感の余韻に浸り込んでいった。

そして心の片隅で、次はどんなやり方にしようかと思った。何しろ録画のＯＫが出たのだから、違うパターンも試したかった。

まだまだ夜は長い。

それにしても、この団地の中で、これほど快楽を得ている二人は他にいないだろうと光司は思ったのだった。

（了）

※本作品はフィクションです。
作品内の人名、地名、団体名等は
実在のものとは関係ありません。

長編小説

人妻《ひとづま》みだら団地《だんち》

睦月影郎《むつきかげろう》

2023年12月25日　初版第一刷発行

ブックデザイン……………………　橋元浩明(sowhat.Inc.)

発行人………………………………………… 後藤明信

発行所…………………………………… 株式会社竹書房

〒102-0075　東京都千代田区三番町8－1

三番町東急ビル6F

email：info@takeshobo.co.jp

http://www.takeshobo.co.jp

印刷・製本……………………… 中央精版印刷株式会社

■定価はカバーに表示してあります。

■本書掲載の写真、イラスト、記事の無断転載を禁じます。

■落丁・乱丁があった場合は、furyo@takeshobo.co.jp までメールにてお問い合わせ下さい。

■本書は品質保持のため、予告なく変更や訂正を加える場合があります。
